Blind
Man's
Bluff

Baynard Kendrick

論創海外ミステリ
Ronso Kaigai MYSTERY
143

暗闇の鬼ごっこ

ベイナード・ケンドリック

熊木信太郎 ◎ 訳

論創社

Blind Man's Bluff
1943
by Baynard Kendrick

目次

主要登場人物

ブレイク・ハドフィールド……鉱山信託基金会長
セス・ハドフィールド……ブレイク・ハドフィールドの息子
ジュリア・ハドフィールド……ブレイク・ハドフィールドの妻
ジェイムズ・スプレイグ……投資会社「スプレイグ・アンド・カンパニー」会長
エリーゼ・スプレイグ……ジェイムズ・スプレイグの娘、セス・ハドフィールドの婚約者
フィリップ・コートニー……弁護士
ハロルド・ローソン……州保険局職員
T・アレン・ドクセンビー……弁護士
カール・ベントレー……鉱山信託基金監査役
サイベラ・フォード……リシュリュー装飾工房のオーナー兼店長
ラリー・デイヴィス……ニューヨーク市警察警視
アロイシウス・アーチャー……ニューヨーク市警察巡査部長
ダンカン・マクレーン……私立探偵
スパッド・サヴェージ……ダンカン・マクレーンの相棒
レナ・サヴェージ……スパッド・サヴェージの妻、ダンカン・マクレーンの秘書

暗闇の鬼ごっこ

第1章

1

ジュリア・ハドフィールドは垂れ板式のテーブルから三人分の食器を片づけ、翌朝やって来るパートタイムのメイドに洗わせようと、自分の食器だけをシンクに積み重ねた。使っていない他の二組を陶器棚に戻しながら、成長した息子とその婚約者が約束通り現われなかったことに、不安を募らせていた。

そうした反応はいまに始まったことではない。セスは十四歳のときに、自分だけの男性的な世界へ逃れてしまった。息子を心から愛していたジュリアだが、自分勝手にそれを止めようとすることはなかった。六ヵ月前に軍隊がセスを連れ去ったときも、その避けがたい運命を穏やかに受け入れ、笑顔と声援とともに送り出した。内なる苦痛は自分だけのものであって、誰かがそこにいる限り、この秘めたる心の痛みが、ぱっちりとした薄茶色の瞳に浮かぶユーモアの光をぼやけさせることは決してなかった。

最近では、こうした内省に浸る機会がますます増えていた。友人たちはワシントンや西部戦線に向かうべくニューヨークを離れ、国家非常事態という紐で操られる人形のように、あちらこちらを動き回っている。セスが入営してからというもの、夫と別れた四十過ぎの女が、まだ魅力に溢れているにもかかわらず孤独の中に住んでいるのはどういうわけかと反芻する時間が、ジュリアにはたっぷりと与えられていた。

この夜は失望と孤独に不安が加わっていた。昼過ぎに休暇で訪れたセスが、夕食にエリーゼを連れてくると約束していたのだ。

ジュリアは読みかけの雑誌を椅子に置いたまま、なんの意味もなくもう一度キッチンへ行き、洗っていない自分の食器を見て、スフレの残骸に眉をひそめた。最初の休暇を自宅で過ごすのは、新任の少尉にとってはなんでもないことだろうが、軽率さというものはセスにもエリスにもない性質のはずだった。

大量のカクテルや、強烈なまでに女性的なものに対する一瞬の関心のために、セスが遅れたことは過去によくあった。だけど、いつだって電話へ辿り着いていたのに。

椅子に戻ったジュリアは、セスのお気に入りである310クラブへ電話するという考えを捨てた。どう不安に感じていようと、あの子なら自分の面倒を自分で見られると信じていた。友人のように振る舞うこと。息子の所在をいちいち確かめるなんて、軍隊の点呼じゃあるまいし。

ジュリアは窓際に立ち、しばらくのあいだ、はるか下のシェリダン広場を照らす冷たい薄茶色の光を見下ろした。幾人かの歩行者が厳しい寒さに身を縮めながら先を急いでいるが、会いたくてたまらない二人連れはいなかった。なおも窓際に立っていると、玄関のブザーが鳴った。

粗い布地のオーバーコートを着たフィリップ・コートニーが、長身をすくめるようにして玄関ホールに立っている。がっかりした様子を隠せないジュリアに、彼はゆっくりと笑みを浮かべて言った。「セスとエリーゼに挨拶していこうと思ってね。他の誰かを待っているのかい？　お邪魔だったかな？」

「馬鹿なこと言わないで、フィル」その言葉には真の愛情だけが持つ暖かさがあった。ジュリアは相手の腕に触れ、室内に招じ入れた。「あの二人ったら、七時に夕食をとりに来ることになっていたんだけど、もう九時でしょ。ひとりで食べちゃったわ。電話一つよこさないんだから」

「若さの特権だよ、ジュリー」コートをかけながら、コートニーが言った。

彼の頓着のなさは救いだった。いや、フィリップ・コートニーはいつだって救いの神なのだ。コートニー・ガーフィールド・アンド・スティール法律事務所の盛業も、彼の常識と穏やかな人柄によるところが大きかった。

細身だが筋骨たくましいコートニーが肘掛け椅子に座るのを、ジュリアは心の安らぎを感じながら見つめた。ブレイク・ハドフィールドと別れてからの長い八年間は、決して平穏なものではなかった。フィルの助言と援助がなければ、絶対に耐えられなかっただろう。例えば、夫に対する心底からの軽蔑。ブレイクは離婚訴訟に勝利をおさめたが、それを戦ったのは彼女をつなぎ止めようとしたからではなく、あの素晴らしい頭脳の奥深くで、いつの日か彼女がフィルと結婚したくなるのを知っていたからである。

「ハイボールはどう？」ジュリアが勧めた。

フィルは頷き、葉巻のケースを取り出した。ジュリアがグラスとソーダを持ってキッチンから戻ると、長い足を組んだまま座り、火の点いていない葉巻を見つめていた。

「困惑しているのはわたしだけじゃなさそうね」グラスを置いてスコッチを注ぎながら、ジュリアは言った。「何を悩んでいるの、フィル？」

「ブレイクだ」その不愉快なひと言を洗い流すかのように、スコッチをぐいと飲み干す。「三十分前に電話があったんだよ」

「それがどうしたの？」ジュリアも当惑していた。フィリップ・コートニーがこんな反応を示すからには、何か奇妙なことがあったはずだ。しかし、十三年に及ぶブレイク・ハドフィールドとの結婚生活を経たところで、元夫の心の動きは見当もつかなかった。

フィルは静かに爆弾を落とした。「何かがあるんだ。鉱山信託基金ビルの八階にある昔のオフィスに、十時に来てもらいたいと言われたよ」

「でも、あそこには――」ジュリアはそのまま片手を胸に置き、口をつぐんだ。

「六年前を最後に訪れていない」コートニーが先を続ける。「スプレイグが彼を撃ち、自ら命を絶った夜以来な」

「なんの用かしら？」その言葉は相手にというよりも、自分に向けられていた。

「それがわからないんだよ」コートニーは考えるように答えた。「まったく奇妙だ。こんな寒い夜に廃墟のビルへ行くなんて。完全に目の見えない人間にとっては、困難極まりないはずだ」

「誰かが一緒に来るんじゃない？」

「もちろんそうだろう」フィルは同意した。「だがそれでも、ブレイクは一切ものが見えない。何を見つけようというんだろう？　電話では何も言わなかったが」

「夜ですもの、何も見つからないわ」

「家具、警備員、そして過去の亡霊だな」コートニーは笑みを浮かべた。「日中は、管財人のスタッフがおよそ三十人、八階で働いている。州の保険局が管理しているんだよ」

ジュリアは頷いた。「エリーゼはカール・ベントレーの秘書なのよ、フィル。二年前に彼がそこの監査役に就任したとき、彼女をリクルートしたの」

「そうか、忘れてたよ」フィルは最後の一口を飲んで立ち上がった。「十時にダウンタウンだ、もう行かなくては」そして、彼女の細い手を一瞬握った。「目の見えないまま過ごした六年間が、彼を温和にしたとは思えないな。きみたち母子にひどい仕打ちをした報いかどうかはわからないがね」

「あの人を理解するのは難しいわ、フィル。ブレイクは自分が間違っているなんて決して認めないから」

「いや、そう思ったことすらないだろう」

広場の向こうに姿を消すまで、ジュリアは窓際に立ってコートニーを見送っていたが、やがて快適なこの室内の家具に、値踏みするような視線を向けた。

椅子はどれも素晴らしいが、すり切れかかっている。ランプの傘も同じだ。北側の壁を明るくするために、上品な絵がどうしてもほしい——そのどれもが、セスが学校を卒業したら買い換えようと自分に約束していたものだった。しかし、セスの卒業後に戦争が始まってしまい、ブレイクが入れるささやかな生活費の額も変わることはなかった。

この数年間はとある初版本収集家の司書として働くことで、生計を成り立たせていた。気の休まる暇は一瞬とてなかった。学校から請求書が届く学期末は、まさに恐怖の瞬間である。自分が頑固なまでの自尊心だけで動いていることは、心の奥で気づいていた。ブレイクも自惚れ混じりに確信しているはずだ。彼女の心が挫け、息子に教育を続けさせるため自分の前に跪くだろう、と。

ジェームズ・スプレイグの銃弾によってブレイクの目が見えなくなってからというもの、事態は一層悪化した。鉱山信託基金の会長であるブレイク・ハドフィールドは、この悲劇の銀行兼不動産抵当会社をその全盛期から率いていて、一九三二年に大恐慌が直撃した際も会社の実権を握り続けた。

過失の罪――州保険局はこの罪を立証しようと躍起だった――が晴れたにもかかわらず、鉱山信託基金が破綻した四年後、ブレイク・ハドフィールドはさらなる悲劇に襲われた。破産した預金者の一人であるスプレイグが、自らの手で決着をつけようと、銃を手に乗り込んできたのである。

ジュリアは椅子から立ち、不安げに室内を歩き始めた。不快な、それでいて馴染みのある光景が脳裏で繰り返される。破産から四年経った一九三六年のあの夜、ブレイクはスプレイグと面会すべく鉱山信託基金ビルへ戻り、視界を永遠に奪われた。そして一九四二年のいま、あの人は再びそこへ赴こうとしている。

ブレイクが何をしようと、セスに影響を与えない限り、ジュリアにはなんの関心もなかった。だが元夫の巡礼は息子に関係があるのだという考えを、どうしても拭い去ることができなかった。六年前、ブレイクはなんらかの目的を秘めてあのビルへ赴いた。今夜も同じ理由なのか？　それとも別の目的があるのだろうか？

ジュリアは驚きとともに現実へ引き戻された。ぼんやりと鳴り響く電話のベルの音に、出たくないという気分のまま数秒間も座り続けていたことに気づいたからだ。

「ジュリア？」

「ええ」驚かなかった。テレパシーのようなものが、ブレイクの教養に満ちた鋭利な声が飛び込んでくることを警告していたからである。

「今夜どうしても話したいことがある」自分本位で、一時間前に別れたばかりのような、さりげない言い方だった。「いま、信託基金ビルのオフィスにいる」

「まさか、これから一人で来いと言うんじゃないでしょうね?」

「十一時だ、ジュリア。きみとセスにとって、極めて重要なことなんだ」

2

セス・ハドフィールドはごく慎重に手袋を置いた。まるで、普通に置いただけでも壊れてしまうというように。磨き上げられた瓶やグラスのあいだから、軍服姿の若者がこちらを見ている。ハンサムなその顔は、印象に残るほど馴染みがあった。自分自身なのかもしれない。ただこちらにはエリーゼがいるし、バーの背後の鏡からこちらを見ているもう一人の将校に比べ、自分の頭のほうが二倍ほど大きい。

白いジャケットを着た親しげな男が自分の映像を遮った。

「何かお持ちしましょうか?」

セスはこの新入りを興味深く眺めた。どこからともなく姿を現わし、しきりに何かを話したがっている。付き合ってやりたいが名前すら知らない。すると男は、きらきらと光沢を放ちながら壁に並ぶボトルの上のサインボードを、かすかに震える指で示した。そこには取り換え可能な文字が貼られていて、ロイ・トレーシーが勤務中であることを客に知らせている。本人以外の人間にとっては、それが大事なのだと言わんばかりに。

ロイ・トレーシーに盗まれないよう、手袋を取り上げて帽子の中にしまい込み、隣の腰かけに置いた。

「きみがロイなのか?」セスは訊いた。

「ええ、ハドフィールドさん。その通りです。何かお飲みになりますか?」

「ぼくは痩せたんだろうか」と、尋ねるように呟く。「それとも、あのボトルの裏に別の将校が隠れているんだろうか?」

「どっちも正しいですよ」ロイが気さくに答える。「あなたの影なんですから」

「さて、そろそろ行かなきゃ。いま何時だろう?」

「七時十五分です」ロイは壁にかかる大きな時計を見て答えた。

「ディナーに遅れてしまうよ、エリーゼ。行こう」と、誰も座っていない隣の腰掛けを向いて言った。

「おや、どこに行ったんだ?」

「お帰りになりましたよ、二、三時間前に――ご一緒に来られた若いご婦人のことなら」

「他に誰かいたのか?」

「いいえ」

「そうか。で、どこに行ったって?」

「お帰りになったんです。憶えていますか、少し口喧嘩なされたことを。あのご婦人が、あなたと結婚するつもりはないと言ったので」

「馬鹿にするのはよせ、ロイ」セスはカウンターに肘をついたが、そちらのほうがよほど楽だった。

「彼女は誰と結婚するんだ？　貴様とか？」

「いいえ、ハドフィールドさん。とりあえず何か食べたらいかがです？」

「まったく、くだらん」少し考えたあと、セスは声を上げた。「エリーゼとどこで会った？」

「会ったことはありませんよ」ロイはプロらしい我慢強さで答えた。

「それなら、おれを捨てて貴様と結婚するのはどういうわけだ？」

「そんなことはありませんよ。わたしはここで接客しているだけですから」

「そうか、接客か。それならゾンビ（ラム酒ベースのカクテル）をもう一杯もらおうか」

「ディナーのお約束があるんでしょう？」そう言って、相手の顔を観察する。

「あいつは破ったんだよ」その途端、セスの若々しい顔が悲しみに覆われた。「おれを捨てたんだ。あいつの父親がおれの親父を撃ち、そして自殺したのさ。考えてもみろよ、ロイ。これ以上の悲劇があると思うか？」

「きっと戻ってきますよ、ハドフィールドさん。あなたを見ていた表情でわかります」

「エリーゼがいつここをあとにしたか、どうして貴様が知っているんだ？」セスは疑り深く問いただした。「どうせ、貴様と結婚するんだろう」

「お約束があるんでしょう？」と、ロイが思い出させる。

「約束があるのか……それが貴様とどう関係ある？」

「もう遅れているんですよ」

「くそくらえだ！」セスはそう声を上げると、不満そうに、それでいながら堂々と腰掛けを下りた。「ここで飲ませなくても、他に店はある。ちょっと親父の顔を見に行くよ」

かつてはセスの住まいだったアパートメントに、ブレイク・ハドフィールドはいまも住んでいる。両親の離婚後、最初は父親のもとを多少なりとも定期的に訪れていたが、それは楽しみというより一種の義務だった。彫りの深い貴族的な顔をした厳格そのものの父親は、冷笑的なまでに批判家の一面があって、子どものころには「父さん」と呼んでいたが、目の前にすると恐怖に似た感情からどうしても逃れられないのである。ブレイク・ハドフィールドの視力が失われたあとも、この感情は少年の中でますます大きくなった。目に見えない憤慨の壁に父親が引きこもるにつれ、セスが訪れる回数も減っていった。

パーク・アベニューを歩きながら、いつの間にか過去の記憶と向き合っていた。スケートの最中でつまずいてしまった消火栓。その昔、アイスホッケーのスティックを叩きつけてできた、角のビルの壁面に残る割れ目。冷気が目を突き刺し、頭の中をますます詰まらせる。突然、父親と会うときに感じたあの不安が、群れをなしてセスに襲いかかった。そのために、五十六番街に差しかかったところで引き返そうとしたり、アパートメントの入口で躊躇《ためら》ったりすることになった。

初めて見る管理人に、ロビーで行く手を遮られた。

「ハドフィールド氏に会いたいんだが」

「お約束は?」

「さあ、どうだろう」セスは値踏みするような目で相手を見た。「息子が来たと伝えてほしい」

「かしこまりました」そう言ってボタンを押し、受話器を手にとる。

使われていないロビーの家具は、何もかもそのままだった——塵一つない、いくぶん派手な長椅子、東洋風の白いタイル張りの床。その上を走って幾度も転んだことが思い出された。

「どうぞお上がりください、ハドフィールドさん。六二四号室です」

「ああ、わかってる」

エレベータの扉が背後で静かに閉じ、上昇を始める。灰色の制服を着た操作係と二人、エレベータに閉じ込められたセスは、いかなる馬鹿げた動機で息子を来させる気になったのかと考えた。破れた恋に同情を感じる人間などではない。暖炉の前に置かれたふかふかの椅子に座り、眼鏡のレンズに無感動な批判の光を踊らせながら、いかにも寛大に笑い飛ばすだけだろう。セスは徐々に治癒しかけている古傷の原因を突きはじめていたが、そんなことはなんの役にも立たないはずだ。

いつの間にかエレベータは止まっていて、操作係が不思議そうにこちらを見ている。

「着きましたよ」

「ありがとう」礼を述べ、しっかりとした足どりで廊下を歩きだした。

六二四号室のドアの前で再び立ち止まる。この部屋はリフォームされていた。天井の張り出しに隠されたライトが、新品の絨毯と巧みに着色された壁を照らしている。ボタンを押した途端、突然ドアが開いたので、セスは驚いてあとずさった。

光沢のある毛皮のコートに身を包んだ女が立っていた。洗練されたスマートな外見で、パーク・アベニューのこのアパートメント同様に落ち着いている。ベテランの花嫁介添人でも、彼女の年齢を推し量るのは難しかろう。

目尻に皺こそ寄っているが、視線は親しげで柔らかだ。「まあ、セスじゃない!」彼女は言った。「最後に見たときは、脚のひょろ長い子どもだったのに。わたし、サイベラ・フォードよ」

探るような視線を受けたセスは、どうにも落ち着かなく感じた。「ああ、そうですか」と、ぼんやりした声で答えるのが精一杯だった。自分が靄《もや》に包まれた存在だと、この女にはわかっているのだろうか？

「もう出るところだったのよ。お父さんがお待ちだわ。本を読んであげていたの」

そしてセスの横を通り過ぎる間際、彼女はこう言い添えた。「もっと来てあげなくちゃだめよ、セス。寂しがっているんだから。それじゃあ、おやすみなさい」

しなやかな動きでエレベータに向かう彼女の後ろ姿を、セスは見送った。ここまで酔っぱらったことなどそうはあるまい。もっと父親を訪れてやらねば。どういうわけか、父親の人生に女性がいる光景を思い浮かべたことはなかった。この女は自分を知っているようだが、以前に会った記憶はこれっぽっちもない。彼女がサンプルだとしたら、父親は優れた審美眼を持っていると認めざるを得ないが、ゾンビのせいでどんな女も美人に見えているのだろう。

そのとき、慎重にチューニングされたかのような声が客間から聞こえてきた。「セス、おまえか？」

「はい、父さん」

「さっさと入ってドアを閉めるんだ！」

廊下で帽子とコートを脱ぎ、客間に入る。手袋が見つからなかった。結局、ロイがかすめ取ったのだろう。

父親と握手を交わしながら、最後に訪れたのが一年前だということを、後悔の念とともに思い出した。あのときは室内が改装中だった。家具は塗り替えられ、現代的な調度品がいくつか加わっている。記憶にある奇怪な古い家具は姿を消していた。その代わりに、冷酷で、芸術家肌の女性の好みが客間に反映されている。

セスは暖炉に両手をかざしながら訊いた。「キトは？」

「戦争とともに行ってしまったよ」父親はそう答えた。「強制収容所とかいう場所にな。この国の慎ましやかな使用人たちは、半分が日本のスパイらしい」

「室内が見違えるほどよくなりましたね」

「ああ」ハドフィールドは頷いた。「と言っても、わたしには見えないがね。しかし感じることはできる。サイベラが模様替えしたんだ。ところで、母さんはどうだ？」

「元気ですよ」二分しか経っていないのに、セスは再び堅苦しさを感じていた。気楽さを感じさせる一瞬があったのに、椅子に座る目の見えないこの男は、またも壁の向こうに閉じこもってしまったのだ。

「おまえが来てくれたことを感謝すべきだが、状況はどんな具合なんだ？」

その口調は抑揚がなく親しげだったが、裏に辛辣さが隠されていることをセスは感じていた。

「休暇なんですよ」セスはしばらく様子を見ることにした。「それで、父さんにも会って話をしたいと思いましてね」

「聞いたぞ、任官したんだってな」そう言って、膝の上にひろげていた点字本を閉じ、脇の床に置いた。「点字を憶えたんだが、どうにも読み進めなくて困っている。やはり読んでもらったほうがいいな。おまえも飲んで来たんだろう？」

セスは暖炉のそばに椅子を引き寄せた。木が音を立ててはぜている。十歳児に戻り、馬鹿げたいたずらをした理由を目の前の見知らぬ人間に説明している気分だ。

「酒が必要なんです」その声には酩酊した人間の率直さが現われていた。「母さんがぼくを酒で育ててくれていたら、問題をお話しできたんですが」

ハドフィールドの白い両手は、肘掛けの上でぴくりとも動かなかった。「また、冗談を」

「違います」自分自身がますます情けなくなって、そのうえ両親に対しても申し訳なく思った。父親には、さっき廊下で会ったような女を惹きつける、なんらかの人間的な特性があるに違いない。「今日の午後、女に捨てられたんです」もつれるようにそう口にする。「まったく、どうしていいかわかりません」

「確か、ジェイムズ・スプレイグの娘と婚約したんだったな?」眼鏡の後ろの瞳は燃えさかる暖炉を向いていて、広がりつつある額に皺が寄っていた。

「ええ」セスは意を決して答えた。そして立ち上がり、窓を開けて両手を冷気に晒す。室内は耐え難いほど蒸し暑くなっていた。「明日結婚しようと考えていたんですが」

「で――?」

「彼女はそれを拒否したんです。今日の新聞に、彼女の父親が父さんを撃って目を見えなくしたことが書かれていて」

「六年も前のことだ」ハドフィールドは考え込むように言った。

「忘れることはできないと、エリーゼは言うんです。ほんのささいな口論をしても、そのことが脳裏に蘇る、と。誰が悪いんです――彼女の父親ですか、それとも父さんなんですか?」

ハドフィールドは手をぐっと握り締めてから、ゆっくりと力を抜いた。「おそらく、二人とも悪くない」

「父さんの銀行が破産したせいでスプレイグ・アンド・カンパニーも倒産し、人生を狂わされた父親を自殺に追い込んだ、というのがエリーゼの言い分です」

「目が見えなくなると、考える時間が生まれる」ブレイク・ハドフィールドは言った。

「それで、何を悟ったんです？」両手を膝に置き、身を乗り出すようにして訊く。

「なんだろうな」ハドフィールドは両手をついて立ち上がった。「ちょっと出かけよう、セス。ダウンタウンのビルに行ってみないか」

「なんのために？　エリーゼは行ってしまったんですよ？　悪いのがどちらだろうと、なんの違いがあるんです？」

「おまえが助けを求めてきたのはこれが初めてだな」ハドフィールドが続ける。「おそらく役に立ってやれるはずだ。この数年間、わたしはずっとジム・スプレイグの死を考えていたんだ。あいつの娘を、おまえに取り返してやれるだろう」

3

大量の飲酒による目の覚めるようなきらめきは、陰鬱な混濁の中に消え去ろうとしていた。鉱山信託基金ビルの退廃的な雰囲気も、それに寄与しているに違いない。ブレイク・ハドフィールドを導く手を離し、八階にあるオフィスの明かりを点けた瞬間、子どものころの記憶が鋭い嫌悪とともに一斉に蘇ってきた。

過去数年間で、このフロアにエリーゼを訪ねたことが何度かあったが、二人ともブレイク・ハドフィールドのオフィスは意識的に避けていた。夜に訪れるのはこれが初めてだ。階下のロビーには大型の電球が一つだけ灯り、鉄柵に囲われた大理石の床と、鳥かごのようなエレベータを照らしている。それを見た瞬間、夜に訪れるのはこれが最後であってほしいと、セスは真剣に願った。

筋骨隆々たる夜間警備員のダン・オヘアが、いぶかしげな表情で二人を迎えた。エレベータが軋みをあげて一階また一階と登ってゆくあいだ、セスは束の間の閉所恐怖症に囚われた。このビルを設計したのは一八九〇年代の著名な建築家だが、とある有名な監獄を真似ただけではないかという疑いが頭に浮かんだ。

「申し訳ないが、わたしの机に連れていってくれ」

ブレイク・ハドフィールドの要求を聞いて、明かりを点けたところで何も見えないのだと、セスははっと気がついた。表面が真っ平らな机の後ろにある、背の高い革張りの椅子に父親を導く。ハドフィールドはそれに素早く指を走らせ、息子の手を借りずに座った。

セスは汗をかいていることに気づいた。厚手のコートを脱ぎ、丁寧にたたんで赤い革張りの長椅子にかける。父親の白い両手は机の上をまさぐるように動き、ブロンズのインク壺に触れてから、吸取器の縁を辿った。そして、ガラスの土台に水晶玉が載っている、けばけばしい文鎮をもてあそんだ。

くだらないものを見せつけられている気分だ。忌まわしい過去を避けるため、時間の流れから一歩後ろに下がったような気がする。オフィスは清潔そのもので、整理が行き届いている――だが、なんのために？　机の左側に並ぶボタンは、子どもの自分を惹きつけたものだ。灰色のボタンを押せばミス・ファウラーがやって来る。無表情な顔をした、つやのある黒髪の女だ。また別のボタンを押すと、ミスター・ファービシャムという男が入ってきて、会計係という見えざる資金源に連絡を取り、あたかも錬金術師の如く、母親が買い物に使う金を持ってこさせるのだった。

いまここで、父親の指がボタンに触れたら何が起きるだろうと、セスは不思議に思った。闇に包まれた廊下から、ミス・ファウラーが驚きもせずにやってくるだろうか？　現在は海外のどこかで軍の主計官を務めているミスター・ファービシャムは、司令官に敬礼したあと、「申し訳ありませんがニューヨークへ至急戻らねばなりません。たったいま連絡を受けたもので」などと言ってここに馳せ参じるのだろうか？

ブレイク・ハドフィールドの両手は探り回るのをやめ、静かに重ねられていた。静寂に包まれたオフィスは、心を掻き乱すまでに動きがない。セスは絨毯のある一点に視線が釘付けになった。ブレイク・ハドフィールドの帰還を待っていたのだろうか？　あれこそが、エリーゼの父親が自ら命を絶って横たわっていた場所を示す、かの有名な×印なのだろうか？

「不安か？」ハドフィールドが声をかけた。「アルコールに逃げ込む代償は、さらに飲まねばならないという欲求が生まれることだ。部屋の左隅にあるパネルを開けてくれ。金庫があるだろう。いまから番号を読み上げる。中に上等のスコッチがあるから、一杯飲めば落ち着くはずだ」

「ええ、父さん」

パネルは簡単に開いた。

「まずは十に合わせて」ハドフィールドが告げる。「それから左へ二回転させ、二十二に合わせるんだ」

セスはぼんやりとした頭でその指示に従った。鉄のかごが扉を閉じるガチャンという音が、建物の中に響き渡る。エレベータの一つが命を吹き返し、下へと降っていった。

「スコッチがありましたよ」金庫を開けたセスが言った。

「それに、黒いブリキの箱があるだろう？」

「はい」

「持ってきてくれ。あと、水割りを何杯か作ってほしい。わたしも飲もう。カウンターの銀の棚にグラスが六つあるはずだ――持ち去られていなければな」

「ありますよ、父さん」そう言って黒いブリキの箱を机に置き、それを開ける父親の指先を興味津々に見つめた。

「室内の家具は動かされているか？」ハドフィールドが尋ねる。

「どうでしょう。もう何年も来ていませんから」

「様子を教えてほしい。まずは入口の右側から」

「ステンドグラスの仕切りに沿って長いテーブルがあって、椅子が両端に一つずつ、それと片側に三つ押し込まれています。革張りの大きな肘掛け椅子が隅にあるのはそのままですね。それから壁際の窓に沿って長椅子があります。父さんの地球儀が隅にあって――反対の壁沿いに小さなカウンターがあります。父さんの後ろにある玄関ホールへのドアはカーテンがかかっています。まあ、こんなところでしょうか」

ブレイク・ハドフィールドは満足げに頷き、紙を何枚かめくったあと、公証役場の印章が浮き彫りになった書類を抜き取った。それをしばらく手にとっていたが、やがて箱の中に戻し、フランス風のダイヤル式電話機に手を伸ばした。

「電話は切られているな」受話器に一瞬耳をつけたあと、ハドフィールドは言った。「向かいにあるベントレーのオフィスのすぐ外に、交換台があるはずだ。繋げられるかちょっと見てきてほしい。ここの電話は外線1だ」

セスはスコッチを贅沢に注いだ水割りを二杯作ってから、ブレイク・ハドフィールドの背後にあるドアを通った。カーテンの後ろの狭い玄関ホールは通用口であるとともに、化粧室を隠すという役割を負っている。セスは父親のグラスに水を加え、自分の分をそのまま飲んだ。おかげでしばらくは持ちこたえられそうだ。

化粧室から戻ってみると、ブレイク・ハドフィールドは椅子の中で身動き一つしていない。セスがグラスを机に置いたあと、彼は言った。

「急ぐんだ。フィル・コートニーにここへ来るよう言わなきゃならん」

「わかりました」

セスは再び千鳥足になっていた。時間をかけてもう一杯飲んでから、歓迎せざる任務に手をつける。ハドフィールドの個人オフィスにはステンドグラスの窓が並んでいるが、そこから漏れる明かり以外、この広々とした書斎は闇に包まれていた。金属製のキャビネットに挟まれた狭い通路を、手探りで先に進んでゆく。

薄暗がりの中、ベントレーのオフィスがぼんやり見えたところでセスは立ち止まった。スコッチを飲んだのは間違いだった。震える感覚が神経を苛み、なんだかあとをつけられているような気がした。ラムとスコッチが混ざり合うと毒になるらしい。いまこの瞬間にも、形のない不気味な人影が廊下へ続くドアの下から忍び込み、キャビネットを乗り越えてこちらへ迫ってきそうだ。

ソケットから抜け落ちそうな勢いでコードをぐいと引くと、交換室の明かりが点いた。ありがたいことに、その光のおかげで醜い床がはっきりと見え、忍び寄る影を追い払った。

セスは外線1と記された端子にプラグを差し込み、父親のオフィスに電話をかけた。

「大丈夫ですよ、父さん」彼は告げた。「どうぞ電話をかけてください」

オフィスへと戻る前、セスは交換室の明かりを点けっぱなしにしておくことにした。巡回中の警備員が消してくれるだろう。形のない人影が、廊下で再び姿を見せるなんて嫌だ。

エリーゼの机の前で立ち止まり、何気なく引き出しを開く。中にはパウダーやリップスティック、マニキュア液など彼女を思い出させる小物があって、鬱々たる気分が新たに込み上げてきた。父さんはどうしてこんな場所に自分を連れてきたのだろう？　地下室から屋上に至るまで、このビルには砕け散った希望やみじめな記憶が渦を巻いている。

逃げ出したいという強い欲望がセスを捉えた。父さんのオフィスには戻りたくない。エリーゼを連れ戻すなど、誰にもできない――彼女は永遠に行ってしまい、代わりなど存在しないのだ。呼び出しボタンの脇に座り、視力を奪われた目で過去を見つめている父の姿を見たくはなかった。ブレイク・ハドフィールドの能力をもってしても、エリーゼが戻ることはなく、砕け散った関係が修復されることも決してありえない。

自分が何をしているか気づかぬまま、セスは交換室に戻って明かりを消した。が、形のない人影がつきまとうかと思うと、そうしたことをすぐに後悔した。

まあ、あの人影も待ってくれるだろう。エリーゼの椅子に腰を下ろし、永遠に居続けようか。深く安らかな眠りこそ、いまの自分に必要なものだ。ここにいるのを見つけてくれるのはエリーゼだけ。それならば、ずっとここで待ち続けよう。

セスは目を閉じ、腕の上に頭を乗せた。リップスティックとパウダーの匂いが鼻につき、安らぎを覚えさせる。ブレイク・ハドフィールドは自分のオフィスで、形のない人影は廊下でずっと待っていればいいじゃないか。

4

十時過ぎ、ジュリア・ハドフィールドは一番厚手のコートをクローゼットから取り出し、この裏張りじゃ冬の寒さを乗り切れないと内心思いつつ、それを羽織った。それからセス宛てにメモを書いてテーブルランプの下に押し込み、ドアを開ける。すると、廊下に立つエリーゼと鉢合わせた。

「セスは戻ってます?」背が高く、色黒なエリーゼの美しさは完璧の域にあった。しかし笑顔がどこかぎこちなくて、その言葉も手のひらに刺さる棘のように感じられた。

「一緒じゃなかったの? あの子から連絡はないわ——」ジュリアは穏やかな声を保とうといじらしいまでに努力していたが、相手の反応に疑問を感じたエリーゼは、その口調に浮かぶ狼狽をすぐさま感じ取った。

「心配なさってたのね。あの人ったら、あなたにも連絡をよこさないなんて。わたし、五時ごろに彼と別れたんです」

「どこで?」

「五十三番街のバー。きっと電話をかけるだろうと思ってたんですけど」

ジュリアは小さな腕時計に目を落とした。十時十五分。地下鉄に乗れば、二十分でダウンタウンに着けるだろう。「何があったのか教えてちょうだい、エリーゼ。どうして予定どおりにディナーへ来てくれなかったの？」そしてさらにドアを開き、「どうぞ、中に入って」

「いいんですか、お出かけなんでしょう？」そう言って、あとに続いて室内に入った。

「ブレイクから電話があったのよ」

「ハドフィールドさんから？」エリーゼは驚きのあまり、黒い瞳を大きく見開いた。ソファへ座りながら煙草に火を点け、思わず失礼なことを言いそうになるのを押し殺した。

「わたしのほうが驚いたわよ」ジュリアが言った。「ダウンタウンのオフィスで十一時に会いたいって言うんだもの」

「ジュリー――あの場所で？　もちろん、行くつもりじゃないわよね？」

「いいえ、行くわ。セスの将来に関することだそうだから。つまり、あなたとわたしの将来にも関係するのよ。あの人はフィル・コートニーも呼んでいる。十時に来てほしいと」ジュリアは厚手のコートの前を開け、テーブルの縁に身をもたせた。「今日の午後、あなたとセスのあいだで何があったの？」

「口げんかになっちゃって……」

「まあ！」と声を上げ、繊細でユーモラスな唇を濡らし、わざわざ手袋をはめ直した。「セスのせい？」

「いえ、わたしも悪かったんです」エリーゼはくわえていた煙草を吐き出した。「どうしたらいいの、ジュリー！　今日の新聞にパパのことが書かれてたの。それで頭の中が――」

「すでに忘れ去られたはずの過去のせいで、あなたとセスの人生は台無しにされてしまった、そう思ったのね。だめよ、そんなこと考えちゃ」

「別れてからはじめて、自分が馬鹿だったことに気づいたの。それでここに来て——彼にそう言おうと」

「あの子、いまどこにいると思う?」

若い婚約者は一、二秒考えてから答えた。「死ぬほどゾンビを飲んでやる、と言ってました。いったいどこにいるんでしょう? 心配だわ。酔っぱらってるんじゃないかしら?」

「酔っぱらってる?」

エリーゼは頷いた。「そうじゃなければ、必ず電話するはずですもの」

「たぶんそうね。まあ、ちょっと気が楽になったわ」

ジュリアは立ち上がり、コートの前を閉じてから素早く上体をかがめ、エリーゼの柔らかな頬に口づけした。

「よかったら、ここで待っててね。ディナーの残りが冷蔵庫に入っているから。セスも一時にはここに転がり込んでくるでしょう。そんなに長くかからないと思うけど、もう行かなくちゃ」

「本当にありがとう」ジュリアとともに玄関へ向かうエリーゼの瞳は濡れていた。「セスよりもあなたのほうが好きかもしれない」

「義理の母に深入りしちゃだめよ。初孫が二十一歳になるまで、その言葉を忘れないでおくわ」そう言って、ジュリアはドア越しにキスをした。

地下鉄の駅に人影はまばらだった。ジュリアはダウンタウン方面の列車に乗り、車両の隅で身を硬くしながら、自分の息子でさえなければ酔っ払いも面白いものだという事実に思いを馳せた。こうした考えに気をとられるあまり、チェンバーズ・ストリート駅に列車が到着したことにも気づかず、閉まりかけているドアから身をよじるようにしてホームへ下りた。

地下の生ぬるい暖かさから外に出ると、突き刺すような冷気がコート越しに襲いかかった。ブロードウェイを南へ曲がったとき、こびりついて離れない恐怖が蘇った。約束に遅れた女性へ向けられる、ブレイクの激しい嫌味に直面しなければならない恐怖。ジュリアは歩を早め、駆けるがごとく先を急いだ。

日中は車の行き交うロウアー・ブロードウェイも、夜の九時ともなれば、見捨てられた村落の裏通りのように寂しくなる。商業活動による喧噪は、あらゆる動作が唾棄すべき侵略活動となる、静寂の空気に取って代わられる。パトロール中の警官さえも、七時間前には客で一杯だった人影一つない食堂のドアをくぐるときは、静かに足を踏み入れるのである。八時のロウアー・ブロードウェイは、帰り支度をはじめた年かさの貞淑なメイドだった。九時には窓を閉め、なんの魅力もない骨張った身体をベッドに横たえ、キルトを被るだろう。そして十一時には、地下鉄のくぐもるような轟音を子守歌にいびきをかきはじめるという塩梅だ。

かつてはあたりを睥睨するように聳えていた鉱山信託基金ビルも、いまや薄汚れた赤褐色の塊に過ぎない。両隣の高層ビルに挟まれ、九階建ての建物は肩身が狭そうである。バッテリーパークから吹き上がる熱風に思わず目を背けたジュリアは、この醜い石造りのビルを見て立ち止まった。中世の要塞もこれよりは立派だっただろう。あるいは難攻不落と言っていいかもしれない。ほんの一瞬、十年前には幾多の希望を永遠に閉ざしていたあの巨大なブロンズのドアを、いまの自分がくぐらせてもらえるだろうかと、彼女は疑問に感じた。

ドアの片方に手を走らせ、ボタンを押す。

向こう側で呼び出しのベルが鳴り響いた。コートを引き寄せ、じっと待つ。しばらくして、凍える唇をしっかり閉じもう一度ボタンを押した。両手両耳が急速に麻痺しつつある。

ドアの左側に小さな通用口が埋め込まれている。注目を引こうというよりも、血流を蘇らせるために、ジュリアは両手を固く握りしめて通用口を必死に叩いた。すると、扉が内側に開いた。ありがたいと思いながら中に入り、姿見を通って別の部屋へ行くアリスのように通路を進んでいった。

風に煽られ、背後の扉がバタンと音を立てて閉じる。そのとき、扉の錠が再び閉まるのをジュリアは見た。警備員が何かの用で外に出たので、錠が開いたままになっていたのだろう。

耳をこすりながら二、三歩前へ進み、周囲を見る。中央部のロビーは最上階まで吹き抜けになっていて、ガラス張りのドームが半球状の空間を形作っている。いましがたくぐったブロンズのドアの上には、カテドラル風の先の尖った窓が天井近くまで伸びていた。

ロビーのその他三方にはオフィスが並んでいる。ジュリアはそれらを素早く見た。昼間は何度もここに来ているが、夜に見るオフィスはまるで別物だ。左を向けば、かつては繁盛していた銀行の店舗跡を二重扉が固く閉ざしている。その向こうの隅には、鉄の手すりを備えた大理石の螺旋階段の中に、鳥かごのようなエレベータが二つ並んでいる。エレベータシャフトの透かし彫りを通して螺旋階段を見つめていると、警備員がいまにも下りてくるのではないかと思われた。

ジュリアの前方にはガラス張りのスイングドアがあって、かつては鉱山信託基金の職員が、優良抵当証券を大衆に販売していた場所に通じている。だが、いまやその証券も、盲目と死の中に封印されてしまい、壁紙としてすら使えるものではない。

ジュリアは視線を上に向けた。鉄の手すりを備えたバルコニーがロビーの三方に沿って走り、上のほうは目もくらむ高さにある。バルコニーの向こうには、一階と同じように広々としたオフィスが並んでいる。最上階に立てばタイル張りのロビーを見下ろせるはずだ。立腹した預金者をびしょ濡れにしようと、セスが手すり越しに八階下へ水をこぼし、父親に鞭で打たれたことが鮮明に思い出された。

近くにぶら下がる高出力の電球が、悪意に満ちた恒星のようにジュリアの目をくらませた。かつて、劇が終わったあとの大劇場のステージに立って、天井の梁構えを見上げたことがある。見せかけの作り物にある美しさは剝ぎ取られ、無骨な梁と殺風景な影しかそこにはなかった。装飾は取り払われていて、笑い声も聞こえない。鉱山信託基金もそれと同じだ——喜劇は幕を閉じた。

建物のどこかでスイッチが入り、モーターの回りだす音がした。エレベータへと近づく。時計に似た表示板の針は九階を指していた。もう一方は五階を過ぎたところで、ゆっくりと下へ降りている。

ジュリアはその場に立ちすくみ、針の動きをじっと見つめた。はるか頭上で、死の恐怖に直面した男の絶叫が、人気《ひとけ》のないロビーに響き渡り、ドームへと吸い込まれるように消えた。

自分の意志に反し、容赦ない恐怖がジュリアの頭を万力のように上向かせ、電球の上に広がる暗闇に顔を向けさせた——力を失った鷲の羽のように長い腕をばたつかせながら、こちらへ落ちてくる男の身体を、絶望的な恐怖とともに目の当たりにする。

その男が落下するまで、長い時間が経ったように思われた。

人間とは思えない、身体を丸めた姿勢で床を直撃した男は一度だけ動き、あとは静かに横たわっている。

それがブレイクであることはわかっていた。しかし、彼が死んだという事実を認識するまでに数秒間の空白が過ぎ去った。その間、恐ろしいまでの空白の中で気も狂わんばかりに駆けだし、大理石の階段の中ほどまで登ってから、なおも頭が真っ白なまま後ろを振り向いて、再び階段を駆け下りていた。

一陣の風がロビーを吹きぬけ、ジュリアを階段の下で立ち止まらせた。見ると、小さな通用口から二人の男が近づいてくる。ジュリアは何も言えずにブレイクの死体を指差した。二人のうち一人は彼女をあとにして床に跪く。もう一人は冷酷な灰色の瞳でジュリアを金縛りにした。

「誰なの?」ジュリアは全身の力を振り絞って囁いた。「前にもお会いしたわよね」

「ラリー・デイヴィス警視です、ミセス・ハドフィールド」と、灰色の瞳の男が名乗る。「ニューヨーク市警殺人課から来ました。上で何を見てそんなに恐れたのか、お話しくださいますか?」

「上で?」ジュリアは物憂げに繰り返した。「上になんて行ってませんわ」

もう一人の男がエレベータの中にいて、ぼんやりとこちらを見ている。

「行っていない?」警視の灰色の視線が階段を登り、しばらく立ち止まってから再び降りてきた。そして、エレベータの中に立つ男へ声をかける。

「きみはどこにいたんだ、オヘア?」

「パトロールをしていました」このアイルランド人は、ぼんやりした声で答えた。「ベルが鳴ったので、それで降りてきたんですよ」

「われわれは鳴らしていない」デイヴィスはそう言うと、射抜くような目をジュリアに戻した。

「誰かが鳴らしたんですよ」オヘアはなおも言い張る。「あなたが鳴らしてないなら、どうやって入ったんです?」

「ドアが開いていたの――」突然、ジュリアは罠にはめられ、取り囲まれた錯覚に陥った。ブレイクのそばにいる男が立ち上がり、視線をこちらに向けている。

「まったく、いったい何があったんです?」オヘアが尋ねた。

「質問するのはわたしだ」デイヴィスは穏やかに言った。「いいかね、オヘア。アーチャー巡査部長とわたしは、殺人があったとの通報を受けてここに来たんだよ」

第2章

1

　ダンカン・マクレーン大尉はブラックコーヒーを飲み干し、手をつけていない食器を脇にのけると、早口で「すまない、レナ」と呼びかけて朝食の席を離れた。

　レナ・サヴェージは大きな口を不安げに半開きにしたまま、ペントハウスの食堂を出て広間を通り、オフィスへと颯爽と歩く長身の後ろ姿を見た。

「今日も朝食をとらなかったのね」大尉の食器を片づけながら、コックのサラ・マーシュが文句を言った。そして悲しげに首を振り、「違うんだわ、大尉は――あんたの旦那が戦争に行ったのとは違うのよ」

「スパッドは戦争に行っていないわ、サラ」レナは相手の言葉を訂正した。「あの人は予備役将校なの。いまは諜報部隊にいて、ワシントンで働いているのよ」

　サラの顔を見て、その説明が無益だったとわかった。サヴェージ氏は軍服を着て家を離れた。すなわち、戦争に行ったのだ。しかし、レナはスパッドのことなど心配しておらず、恋しいとすら思っていない。不安の種はダンカン・マクレーン大尉だった。

大尉は二十年以上前から目が見えない。日本が真珠湾を攻撃し、パートナーであり親友でもある人物がニューヨークを離れてからというもの、言葉では言い表せないが変わってしまった。歩き方は相変わらず軽く確かで、精神の鋭敏さもそのままだったが、スパッドに次いで大尉をよく知るレナは、内なる憂鬱を感じ取っていたのである。第一次世界大戦で、彼は将校として祖国のために視力を失った。そして第二次大戦を迎えたいま、軍服を着て戦闘に加われない自分は役立たずだと思い悩んでいたのである。

「役立たずですって?」過ぎた年月を振り返りながら、レナはコーヒーカップに向かって呟いた。

スパッドと結婚し、ダンカン・マクレーンの秘書として働くようになってから十年以上が過ぎている。永遠の闇に住む大尉をほぼ完璧な合理的人間に作り上げた葛藤、不屈の意志、そして絶えざる努力を、レナは秘かに見守っていた。目の見える人間を追い詰め、国家と社会の敵に立ち向かい、あえて危険に身を投じる姿を――そして例外なく勝利をおさめる姿を――彼女は不安とともに見ていたのである。

スパッドは常にその傍らにいた――マクレーンほど聡明ではなく、半分の危険性もない男だが、忠誠心だけは満ちあふれている。マクレーンがいかに陰鬱な様子であろうと、スパッドの奇妙な黄色い瞳は楽しげにきらめき、ウィットに満ちたその言葉はいつだって大尉に柔らかな笑みを浮かべさせるのだった。

ダンカン・マクレーンを私立探偵にしようという突飛なアイデアを思いついたのもスパッドだった。大尉は裕福なので金儲けが目的ではなく、盲導犬シュナックの助けさえ借りれば目の見える人間に勝

ると も劣らないことを、自分自身に対して証明するために過ぎなかった。

レナはコーヒーを飲み終え、カップを置いた。スパッドがいないいま、自分には二つの責任がある。夫の代わりをこなし、大尉の活気を蘇らせる興味深い何かを見つけること。

柔らかな顎を反抗するかのようにそらす。この世界は戦争でバラバラになってしまった――それがダンカン・マクレーンを妨害するなんてあってはならない。かくも完璧な人間を動かす歯車が、自己憐憫という研磨剤で駄目になってしまうなんて許さない。

あれこれ考えていると、電話が鳴った。食堂にある受話器を取り上げる。

「ミス・サイベラ・フォードと、州保険局のミスター・ローソンという方が下にお見えになっています」受付が告げた。「マクレーン大尉にお会いしたいと」

「代わってちょうだい」

それから数分間、ベルベットを思わせる滑らかな声に耳を傾けたあと、レナは言った。「少々お待ちください、ミス・フォード。すぐにかけ直します」そして受話器を置いた。

オフィスに入ると、大尉は身じろぎ一つせず安楽椅子に座っていた。シュナックの艶やかな頭が膝に乗っている。

「ミス・サイベラ・フォードと、州保険局のローソンという男性がお見えになっています」レナは静かに言った。

「インタビューに応じるつもりはないよ、レナ」その返事とともに立ち上がり、机の後ろに歩いた。

「インタビュアーじゃありませんよ」レナは諦めない。「電話でミス・フォードと話したんですが、緊急事態だそうです。つまり――」

「サイベラなんて名前、インタビュアーに違いないだろう」大尉は冷たく言い放った。「肥っていて、安物の香水を身体に振りまき、ガードルを外すと腹がぽこんと出る。中身などこれっぽっちもなく、チューインガムを嚙みまくるように顎を動かすことで、知性の欠如を覆い隠しているのさ」そう言って、音を立てて実演する。「そんなのは法律で禁止すべきなんだ。それを見た人間がどう思うか、想像してみろ。人間の姿をした牛、二本脚の反芻動物だ。ボロボロになったこの世界に住む奴らは、ベトベトした塊で自分を慰めているんだ！」

「昨夜、男が殺されたんです」レナが辛抱強く続ける。この男の操縦はときに慎重さを要する。「チューインガムに関する論文をお書きになるか、あるいはこのご婦人を助けるか、どちらにします？」

「昨夜は二万五千人が殺された」ダンカン・マクレーンは語りだした。「その前は五万人だ。われわれは戦争に勝つべく働いているんだぞ」そう言って幅の広い額をこする。「サイベラ・フォードとやらのつまらない問題や、保険局の非効率性に興味など湧かないよ。失礼だがお会いできないと伝えてくれ」

「新聞によれば、昨晩殺されたこの男に世界中が興味を持っているんです。戦争を押しのけて一面を飾っていますからね。被害者はブレイク・ハドフィールド。鉱山信託基金のもと会長です」

「おい、レナ！」

その口調はいつものことなので、続いて発せられるであろう皮肉に覚悟を固めつつ、根気強く先を続ける。「警察は息子のセス・ハドフィールドを拘束しました。鉱山信託基金ビルの八階から父親が転落死したことについて、何か知っているだろうと。ちなみに、彼は少尉だそうです。父親が転落した直後、呆然とあたりをさまよっていた彼を、デイヴィスが見つけました。息子は何も知らないと主張して――」

マクレーンのたくましく、それでいて表現力に満ちた手は、いつもなら精密機械のような正確さで動くのに、このときばかりは苛立たしげに机を叩いた。

「この詐欺師の死に、いったい誰が関心を持つというんだ？　わたしが関心を持つわけないだろう！」

「彼は目が見えないんですよ――あなたと同じで」レナは残酷にもそう言った。

マクレーンのよく動く顔が、白壁のごとく無表情になった。そして机の上にある七宝焼きの箱から煙草を取り出し、機械のような素早い動きで火を点け、シュナックの柔らかい耳に手を伸ばした。

「そうなのか？」

黒い短髪のまわりに青い煙が立ち上るのを見たレナは、相手が返事を求めているという可能性に賭けた。「おそらく憶えておいででしょうが、六年前、彼はジェイムズ・スプレイグという男に撃たれ、視力を失いました」

「そうなのか？」苛立たしいほど無関心に繰り返したが、思いもかけずこう尋ねた。「息子は何歳になったんだろう？」

「セス・ハドフィールドですか？」

「当然だ」マクレーンが言い放つ。「他に誰がいる？」

「いいえ」レナは答えた。「新聞によると二十二歳です。母親のジュリア・ハドフィールドは、十年以上前に夫と離婚しています」

「彼は殺人狂だろうか？」大尉はさらにシュナックの耳をかきむしった。

「息子がですか?」

「当たり前だよ」

「新聞には書かれていませんね。どうしてそんなことを?」自分がほくそ笑んでいるのを相手は見えないのが何よりだった。

「そんなことって、何か言ったかい?」ダンカン・マクレーンは答えた。「若き陸軍将校を怪物に変え得る、尋常でない心理状態について考えていたことは認めるがね」

「彼が怪物だと、誰が言ったんです?」レナは注意深く相手に合わせている。

「事実だよ」マクレーン大尉は抑揚のない声で言った。「わたしがデイヴィスやアーチャーと働くようになってからどれくらい経つだろう?」

「十二年、というところですね」

「その通り。きみは二人を知っているが、どちらかが愚か者だという兆候を目にしたことは?」

「ありませんよ」レナは認めた。

「であれば、この若者を拘束したことに対し、デイヴィスには思いつき以外の理由がある。それゆえ、この若者は怪物だと言うんだ」

「警視は誤解したのかもしれませんよ」レナは穏やかに言い返した。「ブレイク・ハドフィールドは――」

「明らかじゃないか」マクレーンが遮る。「ハドフィールドは目が見えない。鉱山信託基金ビルの手すりは腰より高い――わたしも何度か行ったことがあるからね。想像できるか? 目の見えない男が勢いよく駆け込んで、その手すりを飛び越えてしまうなんて」

「いいえ」レナは答えた。「自殺したんですよ」

「わたしなら、自殺するためにわざわざダウンタウンになど行かないよ」そう言って煙草の灰を注意深く灰皿に落とした。「この近所にも、十分な高さの窓はいくらでもある。わたしが興味を持っているのは息子のほうだよ、レナ。目の見えない父親を手すりから投げ落とすなど、怪物の所業に違いない。そして、あの手すりに関するわたしの知識から言えば、ハドフィールドは投げ落とされた。自分で転落したんじゃない」

「それで？」レナが先を促す。

「ここに来た二人はどうした？」

「下で待っていますよ」

「それは失礼だろう」ダンカン・マクレーンは言った。「ホールに待たせておくなんて」

2

ブレイク・ハドフィールドとの友情は、目が見えないとはどういうことかをサイベラ・フォードに教え込んだ――とは言っても、それは一人の男から抽出された経験に過ぎず、目の見えない人間全体にあてはまるものではなかった。

七十二番街とリヴァーサイド・ドライブとの角に建つアパートメントのロビーに座り、上階へ招かれるのを待ちながら、自分をここに導いた原因の一つであるハロルド・ローソンと、自らの不吉な予感について話し合った。

州保険局の副調査官であるローソンは、陽気で楽天的な雰囲気の下に、高度の常識と実力を隠している。大柄な身体は筋肉質で、髭をきれいに剃り、青い瞳は快活に輝いている。テニスに熱中することで、太りそうになるのをなんとか抑えていた。巧みに仕立てられた衣服のおかげで、体重が二百ポンドあるとはとても思えない。

ローソンは不安だった。スプレイグ・アンド・カンパニーが破産する前、彼は監査人としてそこに勤務していたが、会社に不利な供述をしたことで州保険局における現在の職を得ていた。実力があったので昇進は早かったが、同じく破産した鉱山信託基金の預金者と証券保有者の運命が仇となり、それも頭打ちになった。

鉱山信託基金は最初から頭痛の種だった。ハロルド・ローソンは生まれながらの会計人で、ブレイク・ハドフィールドは莫大な報酬以上の何かとともに、鉱山信託基金の破産から逃げのびたというかすかな疑いを抱いていたが、法廷はそうはとらなかった。

やがてハドフィールドが視力を失い、スプレイグが自殺するに至って、鉱山信託基金の名前を聞いた大衆は、より強烈な嫌悪を感じるようになった。そして六年後の現在、ハドフィールドの残酷な死は、いまはなき信託基金の名を歓迎されざる不吉なものとして蘇らせた。

警察は殺人だとほのめかしているが、そうでなくても鉱山信託基金には大衆の信用をさらに揺さぶる不利な要素が数多くある。ブレイク・ハドフィールドの自殺を立証したいと必死に願うあまり、またサイベラにも彼女自身の理由があるので、ローソンはサイベラ・フォードを説得し、もう一人の盲人、すなわちダンカン・マクレーン大尉のもとへと同行させたのだった。

「なんだか馬鹿らしいわ」そう言ってローソンから三本目の煙草を受け取り、自ら火を点けた。「警察にもできないことを、この人がどうやってできるって言うの？」

「見えない目を通じて事件を見ることができるんだよ。逆説的な言い方だが」ローソンは説明した。

「殺人課のデイヴィスはよく知っている。一度こうだと信じたら、容易に考えを変えない男だ」

「あなたもね」サイベラは素っ気なく言った。

ローソンが笑い声をあげる。「きみと結婚したいという、わたしのごく自然な願望のことを言っているのかい？」

「たぶんね」そう答えて相手の手の甲を軽く叩いた。「ここに来たのは、あなたが熱心に言い張るからよ」

「料金の問題なら――」

「そうじゃないわ。馬鹿らしい、ってことだけ」

「まあ、料金はぼくが払うよ。州のために、わざわざマクレーンを訪れるようなことはしない。けれど、殺人課も新聞も、彼の言うことを信頼していることは間違いない。デイヴィスの鼻をあかしてもらいたいんだ」

「つまり、息子が殺したとは思ってないのね？」

「とんでもない」ローソンは言った。「殺されたとも信じていないよ。きみは？」

サイベラが答える前に、ベルボーイが二人の会話を遮った。一行は無言のまま二十五階へ登り、そこで小型の個人用エレベータに乗り換えてマクレーンのペントハウスに着いた。レナ・サヴェージが二人を出迎え、すぐさま大尉のオフィスへ通し入れた。

サイベラは正常というものをまったく予期していなかったが、入口で二人を迎えた男は全身からそれを発散していた。まずはローソンと握手を交わし、「どうぞ楽になさってください」と言ってから、サイベラの手をとって椅子へと案内した。

目の前の男が並外れてハンサムなことは、サイベラも認めざるを得なかった。しみ一つない灰色のスーツに覆われた幅の広い肩や、細身の腰は見事である。鷲を思わせる顔は生気と共感に満ちていて、笑みを浮かべれば顔中に丘や谷が刻まれたのではないかと思われるほど彫りが深かった。

人手を借りず机の後ろに座り、煙草を前に押し出す。視力を失ってはいるものの、完璧な輪郭をした彼の両目が、興味深げに自分からハロルド・ローソンへ移動したと、サイベラは錯覚した。無意識のうちにコンパクトを開けて鼻先にパウダーを当てるとともに、鏡に映る柔らかな茶髪の毛先を見つめた。

「白状しなきゃならないことがありますの」そう言ってからローソンを見ると、相手を安心させるような笑みが返ってきた。しかし、彼女はその表情から、ローソンもまた大尉の魅力に惹きつけられたのだろうと感じた。

「ここに来るのが恐ろしかった」痛ましげな微笑とともにマクレーンが口を開く。「みんなそうです。しかも、たいていの場合はトラブルを抱えている。歯医者そのままですよ」

「正確に言えば、サイベラはトラブルを抱えているわけじゃないんです、マクレーン大尉」ローソンが早口で説明を始める。「それはわたしも同じです。そもそもここに来たのは、わたしが原因なんですよ。州保険局に勤務していて、破産した鉱山信託基金を担当していましてね。関係者にとって最も利益となるように資産が整理されていると、公衆を納得させるのがわたしの使命なんです」

マクレーンの表情豊かな眉毛が、何かを問うように吊り上がった。

「鉱山信託基金に関しては、十分すぎるほどのスキャンダルが起こりました」ハロルド・ローソンが続ける。「公共の福祉という観点から見れば、ハドフィールド氏は死にあたって極めて不都合な場所を選んだのです」

「場所を選べないこともありますからね」ダンカン・マクレーンが言った。「公共の福祉にどう不都合なんです？」

「ほとんどの人間は曰く付きの会社と取引することに躊躇するものですが、鉱山信託基金が差し押さえた不動産を売却するにあたっては、監査役のカール・ベントレーが素晴らしい働きをしています。とは言え、殺人などが絡んでは――」そう言って、相手の目が見えないにもかかわらず、何かを伝えるように肩をすくめた。「まあ、控え目に言っても、ベントレーの仕事の難しさは倍増し、信託基金が所有する不動産の価格もかなり下落するでしょう」

マクレーンは身体の緊張を解き、あらゆる筋肉が完璧に調整されていて、いつでも力を発揮できるといった人間の柔軟さで椅子に背をもたせた。サイベラははじめ、彼がローソンの説明をまったく聞いていないのではないかと感じたほどだ。そのマクレーンは両手を机の縁へ物憂げに置き、思考が遠いところをさまよっている人間の口調で話しはじめた。

「わたしも白状しなければならないことがあります、ミス・フォード。あなたのことを、太っていて、物言いが大げさで、いささか不快な人間だと想像していました。たぶんお名前のせいでしょう――サイベラという名前のね」

彼女は笑った。「わたしが背負う十字架ですよ。若々しく、華麗な雰囲気があるでしょう？　快楽的で女性らしさに溢れている、みたいな。シビルという名前じゃ、頑固な年寄りみたいだもの」

話の展開に、ハロルド・ローソンの額が当惑したように汗で濡れた。何かを言おうとして口を開くが、再び閉じた。

「お会いしてからというもの」ダンカン・マクレーンが代わりに答える。「どちらの雰囲気も感じませんでしたよ。きっとお美しいのでしょうね」

極めて並外れた褒め言葉、心からの賞賛を受け取ったことに気づいたサイベラは、あえて言葉を返さなかった。ローソンも無言のまま、それを認めるような笑みを送ってくれている。「どうしておわかりになったの？」などと訊くのは間の抜けた人間だけだろう。

ダンカン・マクレーンは静かに喜び、説明を続けた。「初めて出会った方々は、わたしにその外見を描写してくれます――永遠に頭の中にとどまり続ける、決して消えないスケッチです。線を描くのは握手であり、肌のきめ細かさや暖かさであり、またはわたしのそばを歩く歩幅であったりします。色をつけるのは声のトーン、真摯さ、あるいは服装や香水の選択ですね」

その言葉は電気のように、煙草へ伸びるサイベラの手を震わせた。「ありがとう、マクレーン大尉」と言うのが精一杯だった。

またしても自分の言葉を大尉が聞いていないと思ったサイベラは、助けを求めるようにローソンを見た。その彼は、壁に並ぶ点字本を興味深げに見つめている。

「ブレイク・ハドフィールドについてお話しください、ミスター・ローソン」ややあってマクレーンが口を開いた。「ずっと前からご存知なんですか？」

「仕事を通じてですが」大尉が話題を変えたので、ローソンは姿勢を正した。「わたしは、ジェイムズ・スプレイグが経営していた仲買会社で監査役をしていたんですよ。それが倒産したあと、州保険局の職を得たのです。スプレイグとハドフィールドは親しい友人でしたからね。わたしも――」

「友人だったのですか?」ダンカン・マクレーンが問い返す。「スプレイグが彼を撃って、視力を奪ったのでしょう?」

「それはあとの話でしてね。スプレイグは鉱山信託基金に投資して大損したのです」倫理的にどこまで明かしていいのか、ローソンは躊躇った。「スプレイグ氏は顧客の基金を流用することで、損失の一部を取り戻そうとしたようです」

「ミス・フォード、今度はあなたの口から教えてください。ブレイク・ハドフィールドとは古くからのお知り合いですか?」

「何年になるかしら」大尉が急に水を向けてきたので、サイベラはどぎまぎした。表情は相変わらず親しげで声も同じだが、初対面の人間相手に話しかけているような気がした。感情ではなく、容赦ない知能の働きに支配されているマネキン人形のようだ。

「公平を期すために申し上げますが」マクレーンは言った。「この会話は秘書のオフィスで録音されています。壁に集音器が取り付けられていて、ここで交わされたあらゆる会話を拾い上げ、録音装置に記録しているのです――あとでいつでも使えるように。お嫌でしたら切りますが、どうします?」

「デイヴィス警視にあなたを紹介されたとき、そのことも聞きました」ローソンが口を開く。「異存はありません」

「わたしも」サイベラが続けて答えた。

「ラリー・デイヴィスの紹介だったのですね」大尉はくすくす笑っている。「そういうことでしたか。さて、ミス・フォード。ハドフィールドの話ですが、彼を愛していましたか?」

「いいえ」サイベラはきっぱりと否定した。

「ちゃんと記録しておいてくださいよ」ローソンは満足げな笑みを浮かべている。「わたしを愛していることを認めさせようと、ここしばらく努力を重ねてきたんですから――いまのところは失敗に終わっていますがね」

「ブレイクの奥さんはいまもまだ健在です」サイベラが穏やかに続ける。「破産の捜査が進んでいるあいだは一緒にいたんですが、一九三三年に別れました」

「なぜ?」

「わかりませんわ」

「どうしてです?」大尉の質問は純粋な驚きから発せられたものだった。「ずっと前からこの男を知っているとおっしゃったでしょう。少なくとも、女性から見たご意見を伺いたいのですが」

「そうですか」一瞬の間を置いて、サイベラは話しだした。「やってみましょう。ブレイクは金儲けの名人でしたが、氷のように冷たく、金儲けを邪魔するあらゆる物事を嫌っていました。ジュリアがまさにそれで、ついに息子を連れて家を出たんです。ブレイクはそれにこだわっていて、離婚訴訟に発展しました」

「だが、あなたは好意を持っている」

「まったく、思い上がった人間ですよ」ローソンが割り込む。「鉱山信託基金のような企業のトップに登り詰めるには、そうした性格が必要なんです」

「本当にその通りね」サイベラは正しい答えを探してそう言った。「視力を失ったあと――そうね、あの人は孤独だったわ。彼は素晴らしい頭脳を持っていて、たぶん、わたしはそれに惹かれたんでしよう。昨晩、数年ぶりに息子のセスに会ったんです。ハンサムで、好感の持てる青年で――」そこで言葉を切った。

「そして、あなた方は二人とも、息子がハドフィールドを殺害したと考えている」ダンカン・マクレーンが言った。

「いいえ」ローソンがなんの感情も見せずに答える。「警察は息子が殺したと考えているようですが、わたしは事故死だと思っています。あなたがそれを立証してくれるだろうと、ここを訪れたのです。比喩的な表現で言えば、彼の立場に身を置いて」

「比喩的な表現で言えば」マクレーンはその言葉を繰り返した。

引き出しから五十ピースのジグソーパズルを取り出し、机の上にぶちまけるのを、サイベラは魅惑されたように眺めた。目では追えないほどの速さでマクレーンの指が華麗に動き、ピースを選んだりはじいたりしつつ、不規則な形をした三つのピースを組み合わせた。

「この人は常に細心の注意をもって歩き回るのよ」大尉にも聞こえる声で、サイベラはローソンに耳打ちした。

激しく動いていたマクレーンの指が止まった。「教えてください、ミス・フォード。ここにいらっしゃったのは、なんのためです?」

「三万七千ドル」サイベラは答えた。「鉱山信託基金の破産でわたしが失った金額です。今朝、ハドフィールドの弁護士をしているフィル・コートニーから、それが返済されたことを教えられました。わたしもハロルドと同じように、ブレイクの死が事故であることを望んでいます。殺された人間の遺言に自分の名前があるなんて、気味のいいことじゃありませんからね」

「確かに」マクレーンは頷いた。指はパズルの別のピースを見つけたあと、再び動きを止めた。「セスが父親殺し——殺人だったとして——の犯人だと考えている理由を、デイヴィス警視は言っていましたか?」

「あの夜ビルにいたのは彼のほか警備員と母親だけで、ハドフィールドが転落したときは二人とも下のロビーにいたと、警視は言っています。ところが、セスは八階を呆然と歩き回っていた。酒を飲んでいたんです」

「つまり、ビルにいたのはこの三人だけなんですね。警備員、母親、そして息子」そう言ってパズルの一片を机の上で掲げる。「息子にとっては極めて不利ですね、ミスター・ローソン」

「なぜです?」ローソンが問い返す。「他にも誰かがいたのかもしれませんよ。あれだけ大きなビルですからね。デイヴィスは誤解しているのかもしれません」

「ラリー・デイヴィスは、優れた人材が揃っているニューヨーク市警殺人課でも最優秀の人間ですよ。間違いを犯すことはありません」と、ダンカン・マクレーンは言った。

3

ジュリア・ハドフィールドはベッドの上で苦しげに寝返りを打ち、冷たく湿った日光が窓を通じて部屋の中に陽気さをもたらそうと無駄な努力をしている様を、どうにも理解できないという目で見つめた。ひどく殴られたほうを下にして横たわっている感じがする。頭の中に色々なものが一杯に詰め込まれているようだ。いつもなら、目覚めてすぐ活力がみなぎるはずなのに、今朝は身体を動かす気がまったくしなかった。しばらく静かに横たわり、リビングのそばのキッチンから漂うコーヒーの芳醇な香りと、卵を焼く音にぼんやりと考えを巡らせた。

エリーゼがトレイを手に入ってきた。「起きてこれを食べて」顔には笑みが浮かんでいる。「もう十時よ。それに、正午前に済ませなきゃならない仕事があるわ」そう言ってトレイを椅子に置き、ジュリアの枕を元の位置に引き戻した。

その姿を見て、痺れるような記憶が一斉に蘇る。それは人間の耐え得る限度を超えていて、一晩中それに向き合っていたジュリアは自分を抑制しつつ、体内のあらゆる神経が疲弊するまで穏やかに話し、かつ行動したのだった。

「はい、警視さん。ドアは開いていました。ノックをしてから入ったんです」

「ロビーには誰もいなかったんですね、ミセス・ハドフィールド?」

「はい、警視さん」

「そして、息子さんの居場所はわからなかった」

「はい、警視さん」

「ご主人が電話をかけてきて、ここで会おうと言ったんですね?」

「はい、警視さん」

「息子さんも同席すると言わなかったのは、変だと思いませんか?」

「あの人らしいですわ、警視さん。彼はミスター・コートニーにも、十時に来てくれと電話したんですよ」

「しかし、あなたが着いたとき、コートニー氏はいなかった」

「はい、警視さん」

「そしてコートニー氏は――電話を受けたとき――あなたのアパートメントに来ていた。なぜです?」

「セスとエリーゼに会おうと立ち寄ってくださったんです。二人ともディナーに来ることになっていましたから」

「しかし、二人は来なかった」灰色の瞳は、ドレスについたしみのようにあいまいだった。「しかも、息子さんからなんの連絡もなかった」

「飲んでいたんですよ、警視さん。あの子も言ったでしょう」

「息子さんを拘束しなければなりません、ミセス・ハドフィールド。彼のためにもそれがいいでしょう」

「セスは人殺しじゃありませんわ。違います――違いますよ!」

「われわれは彼を守るために拘束するんです。あの酩酊ぶりですからね」

「わたしが連れて帰ります」

「今夜はいけません。酔いが醒めたら――」

まるで馬鹿みたいだ。今夜。明日。次の夜。単なる殺人よりも悪い――親殺し。ブレイク・ハドフィールド殺しの容疑が息子にかけられている。

ジュリアはベッドに起き上がり、ぼんやりとした声で言った。「あなたが一晩中ここにいたことを忘れてたわ、エリーゼ。トレイをもってきてくれてありがとう、だけど――」

「食べてください、きっと気に入りますから」エリーゼの口調は真面目そのものだった。

「でもね――」

「きっと気に入りますよ」ジュリアの膝に置いたトレイを指しながら、エリーゼは繰り返した。「気分を変えなきゃだめ。酒に酔ったわたしのロミオは面倒なことになっちゃったけど、それもわたしのせいなんです。でも、彼は父親を殺してなどいないし、それはあなたもわかってるでしょう」

「エリーゼ、これからどうしたらいいの？」ジュリアはこのとき、一生においては、相手をいじめることがもっともふさわしい瞬間もあるのだと気づいた。パンをかじると、思ったよりもおいしかった。

「実はもう電話をかけて」そう言いながら、エリーゼは煙草に火を点けてベッドの端に座った。「ベントレーさんに今日は出勤しないと伝えました。みんな興味津々なんですって。誰もが興奮しているって言ってましたよ」

「エリーゼ！」

「ごめんなさい、ジュリア」そう言って相手の膝に手を置く。「だけど、あなたはなんでもないことで気を落としているのよ。結局――」

「結局、ブレイクはわたしの元夫であり、セスの父親なの。そして、警察はセスを牢屋に閉じ込めている」

「でも結局、ブレイクは死んだ」エリーゼは静かに息を吸い込んだ。「それについては誰もなんともできない。あなたは何年も彼に会っていないけど、彼の死がセスやあなたに影響を与えることなんてない」

「冷たい言い方ね」

エリーゼはいたずらっぽい笑みを浮かべた。「卵を食べてコーヒーを飲んで。もうすぐしたら、コートニーさんがここに来るわ。リポーターを二人、すでに追い払ったんですから――本当に面白いわ」

「まあ、あなたったら」

「髪を優雅にカールして、男たちを魅了するオイスターグレーの服を着るのよ。それからコートニーさんと一緒にダウンタウンに行って、若き酔っぱらいを牢屋から釈放させる」

「ねえ、真面目に言ってるの?」

「あなたは違う?」

「もちろん、だけど――」

「コートニーさんが保釈申請を用意していますわ。セスが拘束される根拠なんて何もないんですもの。コートニーさんによれば、今日にも出られるそうよ」

「出られる」ジュリアはゆっくりと繰り返した。「でも、容疑が晴れたわけじゃない」そのとき、キッチンのブザーが鳴った。「フィルだわ。見てきてくれない?」

エリーゼが出て行くと、ジュリアはトレイを脇にのけて立ち上がった。冷たいシャワーに身が凍えそうになるが、歯を食いしばって耐える。素早く身体を拭いてパジャマに身を包んだ瞬間、なんだか報われた気がした。髪を梳いてとりあえず形を整えてから客間に入るが、入口のところで恥ずかしさのあまり立ち止まった。一番大きな肘掛け椅子には旧知のハロルド・ローソンが座っている。そこにもう一人、皺一つないダークグレイの服に長身を包んだ自信に満ちた人物がいる。そばには、それよりもいっそう自信に満ちたシェパード犬が付き添っていた。こちらは以前に見たことはない。

ジュリアが客間に入ると男は立ち上がり、自己紹介を始めた。

「ミセス・ハドフィールドですか？」

「ええ」ジュリアはそちらへ近づき、いくぶん困惑した表情を浮かべながら、相手の手を握った。近くで見ると、完璧だと思われた相手の瞳は虚ろで、目が見えないことに気づいた。

「ダンカン・マクレーンと申します」

「朝食前にこちらのマクレーン大尉のもとに押しかけたんですよ」ローソンが説明する。「この国で最も優秀な私立探偵の一人です」

ジュリアが口を開いた。「まあ、そう。さあ、お座りになって」

ローソンが続ける。「聞きましたよ、息子さんが拘束されているそうですね。まったく馬鹿げてますよ。ハドフィールド氏が盲目だという事実のおかげで大尉の関心を惹くことができ、解決の手助けをしてもらうことになったんです」

「わたしも盲目ですからね」ダンカン・マクレーンは言った。

ジュリアは内心の興奮を抑えるべく椅子に腰を下ろした。この一件は悲劇などという言葉で片づけられるものではなく、一種のオペラに姿を変えている。まったく馬鹿げているとローソンは言ったが、事実はそれよりも悪く、よりによってこんなとき、自分の生活に、またこの客間に盲目の人間をもう一人招じ入れるのは、神をも恐れぬ所業だと思われた。

「よくわからないんですが」ジュリアは堅苦しい口調で言った。

「わたしがどう役に立つかですか？　そうお思いになるのも無理はありません」その深い声には同情に満ちた理解があって、ジュリアの苛立ちを魔法のように鎮めた。「こちらのミスター・ローソンが、今朝早くあなたの弁護士と話しました。息子さんは今日にも釈放されるそうですが、それで十分だとはお考えじゃないでしょう?」

「わたしはそれだけが望みです、マクレーン大尉」エリーゼが口を挟む。「あの人を取り戻し、昨夜婚約を破棄したのは馬鹿だったと言えればそれでいいんです」

「あなたは彼の母親じゃない、ミス・スプレイグ。恋人でしょう」ダンカン・マクレーンは言った。「ミセス・ハドフィールドもあなたも、彼が無実であることを知っている。それでも、彼は処刑されるかもしれない――そうなれば、あなたがたは二人とも、彼と一緒に死ぬおつもりなんですね?」

「処刑ですって?」その一言は、締めつけられた喉から発せられたように聞こえた。

「大衆の意見によって、ですよ」ダンカン・マクレーンが続ける。「ご主人は目が見えなかった。わたしにはわかるんです、そうした人間が何を考えるか――どう考え、どう反応し、どう感じるかが。息子さんは、なぜ父親とともにあのビルへ行ったのかを話しましたか?」

「昨夜は数分間しか一緒にいなかったんです。と言うのも――」ジュリアはそこで言葉を区切り、考えをまとめようとした。「エリーゼとの仲を取りもってやる、父親にそう言われたとあの子は話していました。セスは酔っていたんですよ、マクレーン大尉。どういうことかわかる状況じゃなかったんです」

ブザーが再び鳴る。エリーゼがフィリップ・コートニーを通し、マクレーン大尉に紹介するあいだ、客間は静まりかえっていた。

ジュリアはいつの間にか、フィルの左腕を無遠慮に見つめていた――添え木とともに包帯を巻かれ、黒いシルクの三角巾で吊されている。

エリーゼは彼のブリーフケースを手にとり、コートを脱ぐのを手伝ってやった。そしてコートニー弁護士は、ローソンそしてマクレーン大尉と親しげに握手を交わしてから椅子に座った。

「あなたのことは伺ってますよ、大尉」いかにも弁護士らしい口調で挨拶を交わす。「昨年、ハートフォードでなさったお仕事はまさに奇跡でした。あなたのご助力を得られて光栄です」

「まずは事故に遭われたことをお見舞い申し上げます」マクレーン大尉が挨拶を返した。「左腕は折ったんですか、それとも捻挫ですか?」

「捻挫です」そう答えてベストのポケットから煙草を取り出し、端を噛み切ってからローソンに火を点けてもらった。「昨夜、ブレイクと面会するためダウンタウンに向かう途中、滑って転んでしまったんです。結局行けませんでしたよ」

「そうだったの、フィル!」ジュリアは心配そうに声を上げた。

コートニーは安心させるような目で相手を見ていたが、出し抜けに煙を大きく吐き出し、飛び上がるようにして椅子を立った。

「わたしは、一日中頭を悩ませながら過ごすなんてご免です」コートニーはゆっくりと言った。「なのでお訊きしますが、腕のことがどうしてわかったんです? ここに入ってから誰にも言っていないし、誰もそれに触れていないのに」

マクレーンが笑みを浮かべたのを見て、これはオペラなんかじゃないという安心感が、ジュリアの中を駆け巡った——静かで美しい犬を従えたこの男は、他の人間が見逃した物事を見ているのだ。きっと、あの子を助けてくれることだろう。

「あなたの怪我は様々な点から明らかですよ」ダンカン・マクレーンが説明する。「目が見えないので、そのぶん他の感覚が働くのです。玄関でミス・スプレイグがコートを脱がせようとしたとき、あなたは片方の腕しかコートから抜かなかった。ここに入ったときも、歩調が不規則だった――肩や腕の怪我だったとしても、筋肉が収縮している兆候は歩き方にはっきりと現われるものなんです。握手をしたとき、あなたは身体を斜めにそらした。怪我した腕を守ろうとする本能的な動作ですね。そして臭《にお》い。包帯からそうとわかる臭いがしますよ。聴覚を働かせれば、あなたが動くたび、三角巾のシルクとスーツの綿地のこすれ合う音が聞こえました。シルクのブラウスを着る男性などそうはいませんからね。もっと続けましょうか？」

「ええ、マクレーン大尉」ジュリアが言った。「あなたの助けが必要なの。お願いだから、もっと続けて」

4

ニューヨーク市警にあるラリー・デイヴィス警視のオフィスは、その事務的な無機質さにもかかわらず、暖かで快適だった。室内の一隅ではアルミ合金の加湿器が断続的に音を立て、甘い湿気を放っている。アロイシウス・アーチャー巡査部長の葉巻の煙があたりに漂う中でも、マクレーンはその湿気の刺激を感じ取ることができた。椅子をそちらから離すと、シュナックも立ち上がって身体を伸ばし、赤い舌を出してあくびをしたあと、きれいに磨かれたマクレーンの靴のそばに新たな場所を見つけ、身体を横たえた。

「なあ、マクレーン」輪ゴムをもてあそんでいたデイヴィスが口を開いた。「きみの助けや、あれやこれやを得られるのは嬉しいが、今回ばかりはおかしなことに首を突っ込んだな。殺人――いいか、純粋そのものの殺人事件だ」

「証拠はありませんがね」アーチャー巡査部長が忌々しげに割り込む。

「そうでしょう」マクレーンが言った。「二人とも同じことを繰り返すばかりで、他に何も言わないんですからね。セス・ハドフィールドが父親を手すり越しに突き落としたことが確かなら、なぜローソンをわたしのところによこしたんです？　ハドフィールドが盲目だったから、なんてもう聞きたくないですよ。これで三度目ですからね」

「しつこくつきまとわれてな」デイヴィスが答えた。

「なんと！」マクレーンは声を上げ、シュナックの身体を爪先で優しく押して立ち上がらせた。「つきまとう人間は、みんなわたしに押しつけるんですね」

「まあ、新聞は興味を持っていますよ」巡査部長は喧嘩でも売るような目でシュナックを見つめ、椅子の中で不安げに身体を動かした。マクレーンはシュナックとドレイストという二匹の犬を飼っている。アロイシウス・アーチャーは極めて優秀な警官だと評価されているが、何年経ってもこの二匹を区別できなかった。

このために、危険とは言えないまでも重大な間違いを犯すことがよくあり、巡査部長もそれを自覚していた。養成所で盲導犬としての訓練を受けたシュナックは優秀で愛らしく、しかも大人しい。マクレーンのことが大好きで、命よりも深い忠誠心で彼に付き添っているが、喧嘩好きという特質は持っていない。

ドレイストは凶器である。飼い主に対する忠誠心はシュナックと同じだが、それは飼い主を守るべく訓練された、行動的な忠誠心と呼ぶべきものだ。ドレイストは敵意と疑いに満ちた目で世界を見ている。襲いかかってくる敵、襲いかからずとも威嚇するポーズをとっている敵、あるいは銃をかざす敵を見ると、即座に全力をもって嚙みつくのである。

巡査部長は、いつの日か軽率にも身体をかがめてシュナックの頭を撫で、結果としてこのぎらぎら光る牙によって手首を嚙みちぎられるのではないかと、内心恐れていた。

「シュナックを睨むのはやめてくれないか」マクレーンは物憂げに注意した。

「それではあなたも根拠なく物を言うのをやめて、スパッドとワシントンに行ってもらいたいですね」そう言って巡査部長は葉巻をくわえた。「魔法を使ってもどうにもなりませんよ」

「きみに睨まれていると、シュナックはわたしの足元で腹這いになる」マクレーンが続ける。「他の誰かなら、こんなことはしない。悪意をもって睨みつけているんだろう」

「こいつは気が狂いそうなんだ」デイヴィスが言った。「コートニー弁護士がハドフィールドの息子を釈放させて、自宅に連れ帰ったからな。アーチャーは電気椅子に送ろうと考えていたのさ」

「もっと言ってくださいよ、警視」巡査部長の口調には尊敬混じりの皮肉が込められていて、セスへの敵意を隠そうともしなかった。「オムツもとれない生意気な小僧が、ニューヨーク市警全体を馬鹿にしているんですよ。スパッドにこう手紙を書いたらどうです。『親愛なるスパッド。デイヴィスとアーチャーが何もせずにこうぶつぶつ言っている、彼は突き落とされたのか、あるいは自ら転落したのか？』とね」

「もういい」デイヴィスが言った。新品の爪楊枝を手にとってそれを折り、長いほうを使う。「わかったか、マクレーン。ブレイク・ハドフィールドは自殺したのか、それとも夢遊歩行しているうちに手すりを乗り越えてしまったのか？　ハドフィールドは点字時計をつけていたが十一時十分で止まっている——粉々に砕け散ってな。殺人課が通報を受けたのは、十時十五分だ」

「誰から?」大尉が尋ねる。

「ハドフィールド自身からだ」そう言って爪楊枝を口から出し、もとの場所へ戻した。

「ふむ」ため息を漏らしたマクレーンは、オフィスの壁の茶色くなったところを見ているに違いない。

「それで?」デイヴィスが問い詰める。

「五十五分間、消防署よりは早いですね」

「ちょっと待ってください、大尉」アーチャーが遮った。「緊急通報じゃなかったんですよ。何しろわたし自身が電話に出たんですから」

「緊急じゃなかったのは間違いないでしょう」マクレーンは興味深そうに言った。「まあ、あなたが現場に着いたとき、ハドフィールドは死んだばかりだったのですからね」

「いい加減にしろ!」警視が怒鳴りつけた。「二人ともぶつくさ言うのをやめて聞くんだ。アーチャーが通報を受けたとき、わたしはある事件のために外出していた。ハドフィールドはわたしと話したかったんだ」

「ハドフィールドだったのは間違いないですか?」

「最後まで聞いた上で、他に誰がこんな通報をしてくるか教えてくれ。アーチャーは、わたしは外出中だが、すぐ戻るだろうと伝えた。ハドフィールドは、急ぎの用件ではないのでと答えたあと、十一時ごろ鉱山信託基金ビルのオフィスへ来てくれないかと告げた。女房と息子も来るからと。狡猾な殺人の方法をおれに教えようとしていたんだな」

「スプレイグの事件で、警視とわたしを憶えていたと言っていました」アーチャーが真面目な口調

でつけ加える。「あれはハドフィールドでした。妻と息子もそこに来ることを、他に誰が知っていま
す?」
「妻への電話を立ち聞きした誰か、あるいは息子を見かけた誰か、でしょうね」ダンカン・マクレー
ンは言った。
「点字本のミステリーを読みすぎたんだな」デイヴィスが反論する。「十一時十分に犠牲者を突き落
とそうと計画している殺人者が、殺人課が駆けつけるまで一時間も時間の余裕を与えるなど考えられ
んよ」
「確かに」マクレーンは認めた。「それで?」
「わたしが戻ってきたとき、アーチャーはスプレイグ事件の古いファイルを掘り出して読んでいたん
だ。殺人未遂、および自殺……六年前に破産した銀行と同じく、これで終わりだ」
「なるほど。続けてください。わたしに考えがあります」マクレーンは膝に肘を乗せ、割れた四角い
顎を片手で支える姿勢をとった。
「ああ」デイヴィスは短く答えた。「こちらにもある。六年前の銃撃事件から始めよう。この事件は
見かけとまったく異なっている。二人の男が夜、警備員のダン・オヘアとともにビルにいる。二人は
ここで会うことを約束し、警備員以外は二人がオフィスにいることを知らない。つまり、それを知ら
ない誰かが偶然ビルに立ち寄って一人を射殺し、もう一人の目を見えなくさせてからこの事件を仕立
て上げ、われわれを完全に愚弄したわけだ」
「これまでにも愚弄されたことはあるじゃないですか」大尉は穏やかに言った。
「そうだ。だが、いつまでも愚弄されっぱなしじゃない。確かに、われわれを騙すのは簡単かもしれ

ん。しかし、ブレイク・ハドフィールドはどうだろう？　自分を撃ち、目を見えなくさせた人物が誰か、彼は知っているだろうか？」

「どうでしょうね」マクレーンが答える。「盲目が人を変えると思ったのですか？　あなたやアーチャーのような優秀な人間でさえ見逃す何かを、わたしが発見できるとでも？　さて、ブレイク・ハドフィールドが昨夜あのビルへ戻ったのは何かを確かめるためであって、それを突き止めたと確信してあの謎めいた通報をしたと仮定しましょう」

「よろしい。そう仮定しよう」警視は爪楊枝を放り投げた。「きみは隅に追い込まれている――アーチャーとわたしに取り囲まれてな。さあ、認めるんだ。われわれがあのビルに到着したのは、ハドフィールドが転落した二、三分後なんだぞ？」

マクレーンは微笑とともに頷いた。

警視が真剣な口調で続ける。「きみはすでに、偶然乗り越えるには手すりが高すぎることを認めている」

再び頷く。

「よろしい」そう言って銀髪を指でかき上げる。「それでは、自殺だったということをきみに納得させよう。ブレイク・ハドフィールドは遺書を書きはじめた――」

「遺書ですって？」マクレーンが勢いよく立ち上がったので、驚いたシュナックが不満そうに身体を動かした。「なんと書いたんです？」

「いや、何も」そう言って机から一枚の紙を取り出し、読み上げた。「わたしは今夜、息子とここに来た――」警視はそこで言葉を切り、マクレーンが飲み込むのを待った。「これだけだよ、マクレーン。インクで書かれていて、きみと同じような筆跡だ。のたくったような字で右上がりになっているが、大事なのはそこじゃない。自殺志願者が遺書を書きはじめて、たった一行で終わりにするなんて考えられるか？」

「ありえないでしょうね」と呟くように答え、次いでより大きな声で、「ハドフィールドの筆跡に間違いありませんか？」

「まったく、きみという奴は」デイヴィスの声は悲しげだった。「アーチャーとわたしだってときには上手くやるんだ。今朝アパートメントで彼の筆跡が残る書類を見つけ、すぐに専門家へ回したんだよ」

「遺書のインクも、インク壺のものと比較したんでしょうね？」

アーチャー巡査部長が口を開く。「それがなかったんですよ。インク壺は洗われたあと乾かされたんです」

「なんと」大尉はため息をついてシュナックの頭を撫でた。「しかし、万年筆は見つけただろう？」

「いや」デイヴィスはあっさりと否定した。「見つけていない。さらに、他にもなかったものがある──四十五セントの小銭だ。息子いわく、ダウンタウンに着いたとき、タクシーの運転手から受け取った釣銭らしい。われわれはそのドライバーを突き止めて確かめたが、息子の話を裏づけるものだった。二人とも、ブレイク・ハドフィールドがその小銭をベストのポケットに入れたと言っている。他の小銭もそこに入れているそうだが、そのときは、紙幣でなければ料金とチップを払えなかったらしい」

警視は椅子を戻し、机を回ってマクレーンの前に立った。「さあ、きみの考えを話してくれ。ハドフィールドのベストのポケットに小銭はなかった。万年筆もない。それでいて、彼は釣銭を受け取り、遺書を書いた。しかもわれわれは数名から話を聞いて、彼が万年筆を持っていたことを立証できる」

デイヴィスは音を立てて息を飲み込んだが、マクレーンは身動き一つしない。

「ハドフィールドが転落したとき、あのビルにはハドフィールド夫人、警備員のダン・オヘア、それに息子しかいなかった——念のために言っておくがね」そして意味ありげに続ける。「アーチャーもわたしも、それに十二名の部下たちも、どのようにビルを捜索すればよいかを知っている。これは認めるかね？」

「今朝、ローソンにそれを認めましたよ」マクレーンは言った。

「よろしい。隅から這い出ていいぞ。鉱山信託基金ビルには二つしか出入り口がない——ブロードウエイに面している正面口と、地下にある鉄の防火扉だ。こちらはこの数ヵ月開けられていない。ハドフィールド夫人は誰も見なかったと言っている。それは信じてよかろう。出入り口はいまも封鎖されているが、誰かがブレイク・ハドフィールドを殺し、小銭と万年筆を持ち去ったのは確かだ。いったい誰なんだ？」

「ジェームズ・スプレイグを殺した人間ですよ」立ち上がって身体を伸ばしながら、ダンカン・マクレーンは答えた。「しかし犯人はそこにいなかった！」

第3章

1

鉱山信託基金の監査役を務めるカール・ベントレーは小柄かつ神経質な男で、遠近両用眼鏡とカーネーションをいつも身につけている。その大きな眼鏡は暗い色合いの鼈甲《べっこう》ぶちだが、どこに置いたかを忘れがちだった。八階の隅にあるオフィスへ見知らぬ人間が入るたび、虚栄心のせいで思わず外してしまうからである。

ベントレー氏の一日の半分は、すっかり減ってしまった自らの投資をいくらかでも取り戻そうといまなお望む、放心した証券保有者との面会に費やされている。しかしエリーゼにとっての負担は別のところにあった。彼女はベントレーの秘書として、棚や窓の桟といった様々な場所に置き忘れたベントレーの眼鏡を発見する、ハウンド犬のような能力を身につけていた。虚栄心があろうとなかろうと、いったん眼鏡を外してしまえば、ベントレー氏が物を見るのは難しい。

「おはようございます、ミス……?」

「ミセス・ディッフェンバウよ、ベントレーさん」怒ったような声が返ってくる。「なき主人の遺産を根こそぎ奪っておいて、それに昨日の午後ここへ来たばかりなのに――」

「そう、そうです、ミセス・ディッフェンバウ。どうぞおかけください」

「眼鏡なら書類入れの中ですよ、ベントレーさん」いつもなら、エリーゼが素早く口を挟むはずだ。

「書類入れ、書類入れ。ええと」

「手の下にありますわ」

「ああ、そうだ」

だが今日は、やきもきしているディッフェンバウ夫人に謝罪するような笑みを向けながら、自分で眼鏡を探すはめになった。

「ミス・スプレイグがいないとどうしようもないんですよ。さて、今日のご用件は……?」

黒髪の冷静な秘書がどれほど助けになっていたか、彼女が休みを取ってはじめてベントレー氏は痛感した。五時四十五分、いつになく多いクレーマーの最後の一人を大急ぎで片づけると、軽食をとるためにオフィスを飛び出たが、ロビーの椅子にぼんやりと座る警官が入口を眺めているのを見てたじろいだ。ありがたいことにエリーゼは明日戻ってくる。今日はきつい一日だった。

だが実は、きつい夜にもなったのである。

疑問で頭をいっぱいにしたハロルド・ローソンが、七時三十分に姿を見せた。ベントレー氏にとって、ローソンは常に苦手だった。あきれるほどのエネルギーに満ちたこの州職員は、いつも多くのことを知りたがる。エリーゼやスタッフがいても十分混乱に満ちているのに、この大変な一日の終わりに彼と会うなど考えるだけでぞっとする。

「どうだ、大変だろう、ベントレー」

「来てくださってよかった、ミスター・ローソン」

「ハドフィールドが死んで色々と言われたんじゃないか?」

「ええ、まったくです。どうしてこんなところで自殺したんでしょう? 新聞がわたしにつきまとうのはどういうわけなんです? まったく不思議ですよ」

「生贄なんだよ、カール」ローソンが笑いながら答えた。

「わたしは間抜けでしてね」ベントレーが目を剝いて言った。「現在の報酬で、いまのわたしの仕事を引き受ける人間なんていないでしょうな」

「今夜、何もかもはっきりさせるつもりだ」ローソンはベントレーの報酬の話を巧みに逸らした。報酬は破産管財人の基金から出ているが、値上げには州の許可を得る必要がある。その件は以前にも話したことがあった。「私立探偵を雇ったんだよ。ダンカン・マクレーン大尉だ」

「探偵ですか?」ベントレーは白いカーネーションを抜き取り、ゴミ箱に捨てた。寒気の中を出かけたので、ジョー・ルイス(アメリカの伝説的プロボクサー)のパンチのようにしなびていた。「警察はどうなんです? 彼らが見ても自殺だってわからないんですか? まったく不思議ですね」

「マクレーンは目が見えない。わたしが思うに――」

「目が見えない? なんて人間を雇ったんです、ミスター・ローソン!」ベントレーの身体がわなわなと震えた。「新聞はわたしたちのことを、ボードビルのショーのように扱うでしょうよ。わたしには仕事があるんです。目の見えない人間を連れてそこらを歩き回っていたら、スタッフにどう思われるでしょうね? 証券保有者はどう考えると思います?」

「犬がいる」笑みを隠すべく、ローソンは煙草に火を点けた。「だから、彼の手をとって案内してやる必要はないよ、カール。ハドフィールドの息子とコートニー弁護士を連れてもうすぐやって来る。きみは、彼の知りたいことを教えてやるだけでいい」

「犬ですか」ベントレーは力無く言って座った。「どんな犬です?」

「もちろん盲導犬だ」上昇を始めたエレベータの音が、静かな建物に響きわたる。「しばらくは記者どもの関心もここから逸れるだろう。だから、そんなむきにならないでくれ」

「記者に考える頭があれば」ベントレーがみじめそうに口を開く。「まあ、そうでしょうね」

このときから、数字や割合、そして試算表という安定した世界で生きてきた人間にとって、今夜は悪夢の色合いを帯びはじめたのである。


通常ではない何かに直面したとき、決して能力を発揮できないタイプのベントレーは、ダンカン・マクレーンを前にして冷静さを保つのが難しかった。彼は困難に満ちた日常業務を通じ、聞き手の目をわざと覗き込んで、自分の言葉が正しいことを相手に印象づける技を身につけていた。相手に迷いがあるときはなおさら効果的だった。

こうした「友人を勝ち取り、他人に影響を与える」巧みな技術が、マクレーン大尉には無駄であることを知って、ベントレーはすっかり落胆している。しかし、彼にはさらなる挫折が待ち受けていた。

いつもは陽気で威勢のいいセス・ハドフィールドは、ベントレーの大仰な挨拶に、元気とはほど遠いしょんぼりした顔で応えた。それがこの監査人をさらに憂鬱にさせた。セスをほったらかして眼鏡探しに没頭しはじめる。眼鏡をかけて室内に入ったのは確かなのに、どこにも見当たらない。

目の見えない男は、ブレイク・ハドフィールドの机から椅子を引き出して腰を下ろした。「皆さんが座ってくだされば」と、威厳に満ちた静かな声で告げる。「わたしは立ち上がってそのへんを歩き回ります。まずは、この部屋の様子を知りたいのでね」

ベントレーがあたふたと眼鏡を探し続ける横で、セスは安楽椅子にドスンと腰を下ろし、コートニーとローソンは長椅子に座った。

「ミスター・ベントレー。お探しものならここですよ」と、マクレーンが眼鏡をかざしながら言った。「ここに座る直前、机に置くのを聞きましてね」

コートニーは咳払いをし、ローソンはくすくす笑っている。そして、セスが暗い声で言った。「あなたも犬を飼ったほうがいいですね、カール」

「少し動揺しているんです」眼鏡を手にとって顔にかけながら、ベントレーはそう認めざるを得なかった。

「お願いですから座ってください！」マクレーンが声を上げる。

ベントレーは小鳥よろしく別の椅子の縁に座り、犬を連れた男が室内を歩きだす様子を、催眠術にかけられたような目で見つめた。犬は抜群の正確さで動き、リードを握る大尉の左手にシグナルを送ることで、彼を導いている。

「このテーブルには何かありますか？」マクレーンは訊いた。

「何もありません」怪我した腕をさすりながら、コートニーが答える。

マクレーンの右手がテーブルの縁に触れ、それにそって走り、押し込まれた三つの椅子の背を撫でたあと、ベントレーが座る椅子の背に移動した。マクレーンの手が壁を見つけ、赤い長椅子の端にある窓枠に触れるまで、盲導犬はさらに飼い主を導いた。シュナックはそこでくるりと向きを変え、ローソンとコートニーの脚を避けて、大きな長椅子の後ろにある二つ目の窓にマクレーンが触れるまで、彼を引っ張っていった。

部屋の隅にある地球儀へ辿り着いたとき、もう一人の男が静かな足どりでオフィスに入り、ベントレー氏の身体をぎくりと震わせた。

「お座りください、デイヴィス警視。監査役のミスター・ベントレー以外はみんなご存知ですね?」そう言って、地球儀をゆっくりと回しはじめる。

デイヴィスは笑みを浮かべながら霜降り地のコートを脱いだ。「ちょっと立ち寄っただけだよ」

「何かあると、いつもそうなんですから」そう言ってマクレーンは小さなビュッフェに行き、銀の棚に入った六つのグラスを手探りで感じ、それぞれを爪先で弾いたあと、近くにある三つ目の窓へと進んで下りているブラインドに触れた。

「反対側の壁の隅、最初のパネルの中に金庫が埋め込まれています」セスが言った。「昨夜、父に言われてブリキの現金箱を取り出したんです——何か意味があったんでしょうか?」

「金庫が空いていたので、箱の書類はすべて調べた。めぼしいものはなかったよ。そうでしたね、ミスター・コートニー?」デイヴィスが弁護士を向いて言った。

「ええ」コートニーが答える。「今日の午後遅くに目を通したんです。ハドフィールド氏の遺言はすでにわたしの手にあって、保険証券も昨夜のうちに警察が金庫から取り出しました。箱に入っていたのは、五、六通の個人的な書簡だけですよ」

マクレーンは窓のそばに立ち、ブラインドを開け閉めする紐を何気なく引いた。「父上はきみに、箱の中から何かの手紙を出すよう言っただろうか、セス?」

「いいえ、大尉」若きハドフィールドは答えた。「金庫にスコッチの瓶が入っていて、それで飲み物を作ったんです。それから建物の反対側にある交換室へ行ってここの電話をつなぎ、そして――」

カール・ベントレーがそれを遮って話しだす。「このオフィスにある物はすべて、ハドフィールド氏の個人的な所有物です。家具もみんなご自分で揃え、壁に金庫を埋め込ませたんですよ。そのために、銀行が、ええと――業務を停止してからも、手つかずのままだったんです」

「父上はあの箱をどうしたかったのか、何か考えは？」再びブラインドの開け閉めを繰り返しながら、マクレーンが尋ねた。

「一枚の紙を取り出したと思いますが、大して注意を払っていなかったので」

今度はデイヴィス警視に質問する。「箱の中に、印章が浮き彫りになった書類はありましたか？エンボス加工や彫り加工がされた書類、あるいは公正証書なんかが？」

「いや、なかったな」デイヴィスは灰色の鋭い瞳をマクレーンに向けながら、ゆっくりと答えた。

「わかってきたぞ、何を言っているのか」

「ハドフィールド氏は、自分が箱から取り出そうとしている書類をどうやって判別したのか」マクレーンは言った。「わたしと同じく、手触りに頼らざるを得なかったはずです」そして窓を離れてビュッフェの棚にある六つのグラスを手にとり、机に置いて腰を下ろした。

六つのグラスを目の前にしたマクレーンは、それにそって指を走らせはじめた。やがて、きれいに並んだベントレーの歯が震えだし、悪寒に襲われたように感じた。

「昨夜はここで何をしていたんだ、セス？」二本の爪先でグラスを演奏しながら、マクレーンが訊いた。

セスは話を繰り返した。オフィスはなおも静まりかえっている。

「昨夜、ここでいったい何を?」マクレーンが問い詰める。「どうしてもわからないことがあるんだよ。どんな些細なことでもいいから話してほしい。飲み物を作っていたときのことはどうだ?」そう言ってグラスを二つ取り上げ、セスのほうへ突き出す。「ここでもう一度作ってみてくれないか? あのときとまったく同じように」

セスはマクレーンの後ろにあるカーテンの向こうへ姿を消した。しばらくして、蛇口から水の流れる音がする。そのあと短い間を置いて、セスが戻ってきた。「言い忘れたことがあるんです。だけど――」

「わたしのうしろにある広間で、テーブルの引き出しを開けたね?」

「その通りです」

「なぜだ?」コートニーが訊いた。「何かを探していたのか?」

セスは首を振った。「好奇心ですよ、たぶん。子どものころよくここに来ていましたから。化粧室のそばにあるテーブルの引き出しに、父は銃をしまっていたんです」

そのとき、ベントレーが出し抜けに立ち上がった。「思い出しました。ガラスと瑪瑙《めのう》でできた文鎮がこの部屋から持ち出されています」

「昨夜、それはあっただろうか、セス。それとも憶えていない?」マクレーンが尋ねる。

「憶えていますよ」セスははっきりと答えた。「いまグラスが並んでいる机の上にありました」

マクレーンはほんの一瞬、下唇を嚙んだ。「みなさん、われわれが相手にしているのは奇妙な犯罪者です。小銭や万年筆や文鎮のために人を殺した上、ビルの八階にあるブラインドを下ろしてから、再び上がらないよう紐を切った殺人者なんですよ」

2

ハロルド・ローソンは別の約束があると言い訳して、八時にベントレーのオフィスをあとにした。

セス・ハドフィールドは煙草を吸おうとしばらく一緒にいたが、いくぶんもの惜しげに尋ねた。

「他にご用は？」

「いや」マクレーンが答える。「自宅に戻って母上に顔を見せてやりなさい。それと、不安だからといってハイボールを飲み過ぎないこと」

「大尉！　ここしばらく酒は飲んでいないですよ！」

「それは二日酔いのため？　それとも戦争のため？」コートニーが訊く。

「両方ですよ、フィル」

デイヴィス警視は鼻を鳴らした。「バーから出るたび、わたしだってそう言うよ。もう行くんだ、少尉――しかし、休暇が終わる前に連絡してくれ」

セスはコートを身にまとう手をとめ、一瞬前には消えかけていた悲痛な表情を再び浮かべた。「わたしが父を殺したとまだ信じているんですね、警視？」

「いいや、セス」マクレーンの声が急に険しくなる。「頭の中からその考えを追い出すんだ。それは間違っている。スコッチとラムを混ぜ合わせるという暴挙を犯したこと以外に、警視はきみに罪があるとは考えていない。父上の死が殺人なら、デイヴィスがすぐに犯人を見つけてくれるだろう」

「ありがとうございます」いくぶん元気な声でセスは答え、素早く敬礼してから手を振って一同と別れた。

「その通りだ。ありがとう、マクレーン」と、デイヴィスが呟く。

マクレーンは革の軋る音を聞いた。警視が腰を下ろしたのだ。続いて柔らかな音が耳に入る。コートニーが長椅子の上で姿勢を変え、ポケットに手を伸ばして煙草を取り出したのだろう。

「煙草はいかかです、警視?」

「いや、結構」

「あなたが感謝するなんて珍しい」マクレーンが言った。片手でグラスを拾い上げ、もう一方の手に持ち替える。「なぜです?」

「父親殺しの犯人をわたしが見つけるだろうと、息子に言ってくれたからだよ」いかにも不機嫌な声だ。

「警視、考えすぎて落ち着きを失っているようですな」葉巻の煙を吐き出す合間に、フィル・コートニーがいかにも弁護士らしく言った。「今日地方検事と話をしましてね。率直に言って、嫌疑は極めて貧弱であり、検事局は興味を持っていません。検死官の解剖報告にも、ハドフィールド氏は転落死したとしか書かれてないんです」

「続けて下さい、ミスター・コートニー」デイヴィスが先を促す。「法律面からの手助けがあればありがたいんですよ。わたしは警官に過ぎませんからね。ローソンの所属する州保険局は、自殺であることを望んでいる。検事局に代表される郡も自殺だと主張している。いったい誰に文句を言えばいいんです?」

「わたしは考え得る可能性を述べているに過ぎませんよ、警視」そう言って葉巻の灰を落とす。「自分自身の有能さが、あなたの障害になっているのではありませんか？　セス・ハドフィールドが殺害の意図をもって――たぶんこの階の――手すりから父親を突き落とした、あるいは放り投げたことを証明できなければ、事故または自殺であることを認めなければならない」

「極めて論理的ですね」ダンカン・マクレーンはそう言うと、持っていたグラスを置いた。

「水も漏らさぬ、というやつですな」と言って、デイヴィスはがっしりした顎を引き締めた。

「続けましょう」コートニーが穏やかに続ける。「わたしの理解するところによれば、ハドフィールド夫人には、ここへ登ってきて夫を突き落とし、再び下のホールへ戻る時間はなかったという確固たる証拠を、あなたは持っている」

「それはご自身で判断して下さい」デイヴィスが答える。「警備員はタイムレコーダーを持っていて、各階の壁には、中の記録紙にパンチを入れる鍵が鎖からぶら下がっています。五階の最後の鍵でパンチを入れたのは、ハドフィールドの点字時計がバラバラに壊れる一分前だったのです」

「二つの時計が同じ時刻を指しているとは限りませんよ」マクレーンが注意する。

「そうだ」デイヴィスは続けた。「しかし、崩さねばならない鉄壁のアリバイがある。警備員は除外していいだろう。彼は一階から見回りを始めるが、そのときから五分ごとにパンチを入れるので、行動は完璧に記録されているんだ」

「ハドフィールド夫人はどうです？」コートニーが尋ねる。

「ドアのベルを鳴らしてオヘアの巡回を邪魔した。彼女がビルに入ってから――鍵はかかっていなかった――一、二分後、オヘアは五階から下りてきた。それほど遠くはないのですから、夫人がエレベータシャフト脇の階段を駆け下りたならきっと見ていたでしょう。二人きりで話を聞いたとき、エレベータの針が五階を指していたのは間違いない、と言っています」

「階段を下りるときに、エレベータが何階に止まっているのかを見たのかもしれませんよ」コートニーが反論する。「それに、ビルの背後には避難階段が二つありますからね」

「そちらを使ったのであれば」デイヴィスがすぐさま指摘する。「エレベータが何階に止まっていたかなど知りようがない。先を続けさせてください。あくまで概算ですが、ヴィレッジにある彼女のアパートメントからこのビルの入口に着くまで、ハドフィールド夫人がどれだけ時間をかけたのか計測してみたんです。夫人がアパートメントを出たとき、ミス・スプレイグがアパートメントにいました」デイヴィスは拳を固めてもう片方の手のひらを叩いた。「ハドフィールド夫人には、夫を手すりから突き落とす時間はなかったし、オヘアも同様です。これ以上付け加える必要はありますか？」

　コートニーはアポロのような頭を振り、葉巻を灰皿に捨てた。「息子はどうです？」

「彼は昨夜主張していた通り、眠りこけていたか、少なくともミス・スプレイグの机で伏せっていた――机から指紋と頭髪二本が見つかっています。呆然と歩き回っているのをアーチャーが見つけたんですが、こう言っていたそうです『父さん、何があったんだ』と。そしてこのオフィスから彼をつまみ出し、外の廊下へ連れ出したんですよ」

「セスは読めたでしょう」マクレーンが口を挟む。

「なんのことだ？」警視が訊き返す。

「遺書ですよ」マクレーンは答えた。「父親を殺しておきながら、『わたしは息子とともにここへ来た』と手書きで記された遺書をそのまま机の上に放置しますか？　アーチャーが彼を見つけたとき、オフィスの明かりは点いていたのでしょう?」

「もちろんだ」デイヴィスが言った。「ハドフィールドは闇の中であの遺書を書いたとでも?」

「そうですよ」マクレーンの顔には軽蔑するような笑みが浮かんでいる。

デイヴィスが声を上げた。「ああ、そうか! それはともかく、明かりは点いていたんだ」

「ここで話は、失われた小銭と文鎮、万年筆に移ります」

「さっきもそれを言っていましたね、大尉」コートニーが口を開く。「わたしには教えたくないんですか?」

「いやいや、われわれの誰にもわからないんですよ、ミスター・コートニー。デイヴィス、あなたから説明してください」

警視の話を聞き終えたコートニーは、眉をひそめてこう言った。「それは妙ですね。わたしが見れば、ブレイクの万年筆かどうかわかるでしょう。もう何年も愛用していましたから。金のキャップがついていて、本体は赤。金のリングが二個ついています。文鎮も憶えていますよ。たぶん、清掃係の女が落としてしまって、玉の部分を割ってしまったのではないですか」

「だが、われわれが到着したときそれはなかった」デイヴィスが続ける。「手続き通りオヘアと息子から話を聞き、ハドフィールド夫人は知らないとは言っていたものの、彼女のハンドバッグも調べました」

マクレーンは無言で耳を傾けていた。彼は二時間以上にわたって、エレベータが上下するのを追い、オヘアが七階、八階、そして九階と丹念に見回る足跡を辿った。警備員のルートが徐々に一枚の地図に描き上げられていった。

コートニーは腕時計を見て言った。「九時過ぎか。そろそろ帰宅しますよ。昔のように若くはないですし、この腕が痛むもので。あなたがたもいらっしゃいますか？」

「警視に差し支えがなければ」マクレーンが答える。「もう少しここに残り、あたりを案内してもらいたいのですが」

「喜んで」デイヴィスが言った。そしてコートニーのコートを持ち、エレベータへともに歩く。戻ってみると、マクレーンは六つのグラスを机の上で時計回りに並べていた。

「あの弁護士、大した記憶力だ」そしてグラスを見ながら、「どうしたんだ、これは？　何か考えがあるんだろうな？」

「あなたのほうこそ、そのままにしておくなんてどういうお考えなんです？」マクレーンはなんの感情も見せずに言った。「他に誰もいなくなったことですし、いくつか訊きたいことがあるんですよ」

「昨夜、グラスはみんな写真を撮って指紋も採取した」デイヴィスが続ける。「使われた二つのグラスにハドフィールド親子の指紋があるだけだった。息子あるいは他の誰かが持ち去るかもしれないと思いつつ、わたしは今日それらを返した。まあ、単なる思いつきだけどな」

「わたしは、警備員が見回りするのに耳を傾けていたんですよ。教えてほしいことがあるんですが」マクレーンは再びグラスを持ち上げ、一つ一つゆっくりと回しはじめた。「上の階に行くとき、どうしていちいちエレベータを止めるのでしょう？」

警視はうなり声を上げた。

「まったく、その耳ときたら！」と呟く。「パンツが落ちる音も聞き分けられるんだろうな」

「やかましいですからね」マクレーンは短く笑ったあと、眉をひそめた。「オヘアはどうなんです？」

「五階で何をしていたか、直《じか》に確かめた。きみも気づいている通り、ロビーの三方を囲むバルコニーは玄関ホールへ通じている」

「五階のホールにタイムレコーダーの鍵は？」マクレーンが尋ねる。

「二つある。それぞれの端に一つずつ。しかし、エレベータを下りてすぐのバルコニーにはない」

マクレーンは頷いてからさらに訊いた。「どの階も同じですか？」

「ほとんどな」デイヴィスが答える。「机やファイルキャビネットの配置が違っているだけだ。この会社が最も活気に溢れていたとき、千八百人以上の従業員がここで働いていたんだぞ」

「警備員の話ですよ」マクレーンが注意を引き戻す。「それと五階の」

「彼は五階でエレベータを降り、」デイヴィスが続ける。「バルコニーの周囲を歩いて二重ドアから玄関ホールへ入った。ホールの北の端にある鍵でパンチを入れ、それからすべての机があるメインオフィスを通り、もう二ヵ所でパンチを入れた。これで五階の半分を見回ったことになる。

そして、ビルの裏手にある北側の避難階段を降り、四階のすべての場所でパンチを入れた。しかし、バルコニーにはまったく出ない。南側の避難階段から五階へ戻り、残りのパンチを入れ、最後はホールの南端の鍵だ。それからバルコニーに出て横切り、ハドフィールド夫人の呼び出しに応えようとエレベータで下に降りた。普通なら、そのまま七階に上がるところだがね」

「宣誓証言のようですね」マクレーンは言った。「ですが、まだ他にもわからないことがあります。ハドフィールドを突き落としたのが誰であれ、そいつは警備員が八階のバルコニーを横切らないことを知っていた。彼が偶数階のバルコニーを横切ることはないですから」

警視の顎が硬く引き締まった。「ところでグラスがどうだと言うんだ？　さっきからずっといじくり回しているが」

「一つだけ違うんですよ」マクレーンが答える。「聞いてください」

指先ですべてのグラスを弾いたあと、その一つを取り上げた。「割れてしまって一つだけ交換したんです」

「どれも同じに見えるが」警視はそれをペン先で叩き、他の二つも同じようにした。「音だって変わらない」

「いや、違うんです」マクレーンが言い張る。「チャイムの音程のようにね」

「それがどうした?」デイヴィスが短く問い返す。

マクレーンは首の後ろで手を組み、椅子にもたれかかった。

「ラリー」興味深げな口調だ。「わたしはあなたを長年知っているし、多くの事件で一緒に働いた。向こうで座っていてください。そのあいだに一つの殺人事件を組み立てますから」

警視は何も言わずにオフィスを横切り、椅子に腰を下ろした。

「六年前」ダンカン・マクレーンが続ける。「ブレイク・ハドフィールドとジェームズ・スプレイグはこのオフィスで会った。誰かがそれを知っていて、しかも化粧室のそばにあるテーブルの引き出しの中に、ハドフィールドが銃を隠していたことも知っていた。彼はハドフィールドの頭に銃口を押しつけ、引金をひく。そして唯一の目撃者であるスプレイグを撃って、射殺と自殺をでっち上げた。実際には何があったのか、ブレイク・ハドフィールドが確信するまで六年かかった」

「なぜだ?」

「六年も経てば、盲目になった人間の聴覚は鋭くなるものです。昨夜、ハドフィールドは、息子があの引き出しを開ける音を聞いた。いままで謎だった出来事が突如明らかになり、あの通報をしたというわけです。しかし、殺人犯も昨夜このビルにいた」

マクレーンはそこで躊躇ったが、先を続けた。「銃を手にする必要はありませんよ、デイヴィス。わたしはハドフィールドより長いあいだ目が見えませんからね。外のオフィスだけじゃなく、玄関ホールの小さな足音も聞き分けられるんです」

警視はゴムボールのようにふらふらと立ち上がった。「きみは間違っている、マクレーン！　絶対に間違っている！」

「いや、きっと正しいですよ」マクレーンが言い返す。「あなたはあの六年前の事件を掘り返さなければならない。さもなくばあなたの負けです。いったいどうしたと言うんですか？」

「きみにもわかるだろうが」警視の声は割れたガラスのように鋭かった。「わたしもすべての警官が見る悪夢の中で目を覚まし、それが真実だと悟った。真実が外に漏れ出せば、人々は蠅のようにばたばたと死にゆくだろう。高いところから飛び降りてな。あの盲目の男はどうして転落したんだ？　小銭と万年筆がないのはなぜだ？　文鎮はどうしてなくなったんだ？　きみもわたしも答えられない。しかし、ハドフィールドはこの階のバルコニーから自ら身を投げたのであって、このビルにいた誰のせいでもないことは明らかだ！」デイヴィスの力強い声が、一区切りするたびに甲高くなっていく。「これが殺人なら、なんと呼ぶか知っているか、マクレーン？」

「それを」ダンカン・マクレーンが答える。「解決しなきゃならないんです。完全犯罪なんて存在しないんですから」

3

若い女が、父親の自殺したオフィスを一日中見つめているのはよくないというセスの意見には、間違いなく一理ある。セスの休暇の四日目、自分の席に着いたエリーゼはそれを理解しつつあった。遺言執行者のフィル・コートニーによると、ブレイク・ハドフィールドは働かなくても楽に暮らせるだけの遺産をジュリアに残し、息子のセスを裕福な若者にした。とは言え、ハドフィールドの資産がどれだけあるか、コートニーは決して言質を与えなかった。

セスが以上のことをエリーゼに話したのは二日前の夜である。場所は三十番街の静かなシリア・レストラン。ハドフィールド事件にいまなお興味を持つ、二、三のしつこい新聞記者を避けてここに来たのだった。

エリーゼは一つのことを確信していた。無責任だったセスは一夜のうちに成長し、少年から大人の男へと急激な変化を遂げた。薄茶色の瞳に浮かぶ感情の豊かさから、彼女に話しかけ、手をとるときの堂々たる態度まで、いくつもの点にそれが現われている。

セスと別れるのは、悲劇に終わった父親への訪問によって結婚の拒否がなし崩しになった二日前よりも難しかった。また、結婚へ踏み込めないことには経済的な理由もあった。セスは俸給の一部をジュリアに仕送りしていたからである。そしていま、ブレイク・ハドフィールドの死によってその大きな障害も消え去った。結婚を拒否する口実として死者のことを悪く言うのは、なんともみじめで無益なように思えたが、六年前の悲劇はいまもエリーゼにのしかかっていて、セスとの将来を不幸な霧で覆い隠していたのである。

当然ながら、セスはそれを誤解した。

「きみを責められないよ。警視は信じられないほど親しげだからね。遠からずぼくを刑務所に送り返せると自信を持っているのさ」

「セス、わかってるでしょ、そんなことないって。あなたは――」

「不思議に思うんだ」セスの顔はあまりに寂しげで、エリーゼは泣き出したくなった。「すべてを酔った上での過ちとするのは簡単だ。たぶん、きみの席に座っていたとき、ぼくは眠りながら歩き回っていたんだよ」

「でも、そうじゃないかもしれないわ」エリーゼが言い返す。「お父様が転落したのは事故なのよ」

「あれほど酔っていなければ、父さんを助けられたかもしれない。あの叫び声を聞かずに目を覚ますことはもうないんだ」


エリーゼはベントレー氏の正確な口述に注意を向け、レターヘッドつきの便箋をタイプライターに挿入した。速記のメモに従って指を動かすものの、向かいの席から上体を寄せ、茶色の手を自分の腕に伸ばしているセスの姿が影のように目の前にちらつき、心をかき乱した。

「きみだって、あれを事故だなんて思っていないだろう、エリーゼ」彼はそう続けた。「ぼくもそうだ。きみは恐れている。父さんが叫び声を上げて転落したとき、ビルには警備員と母さん、そしてぼくしかいなかったからだ。きみは他人がなんと言うか、それを心配している――ぼくも同じさ」

エリーゼの指が彼の囁きのリズムに合わせて動き、やがてその囁きはキーを叩く音に姿を変えた。しばらくしてから立ち上がり、室外のホールからバルコニーに出て、か細い手で無意識のうちに手すりのてっぺんを摑んだまま、ロビーを見下ろした。

真夏でさえもう開かれることのない巨大なドアの上にはカテドラルの窓があって、冬の太陽が黄色の光を幾筋も注いでいる。古びたエレベータは一基だけしか動いていない。エリーゼがそれを見ていると、軋みとともに動きはじめ、無事に地表へ降り立った。笑い声を上げながら昼食に向かう、会計士の一団がロビーに現われた。

十二時を過ぎていることにエリーゼは気づいていなかった。それでもなお、なかば無意識の高所恐怖症と、八階下で繰り広げられているパペットショーへの興味に囚われ、じっとロビーを見下ろし続けた。

警官はまだ勤務中で、無人のビルの警備にあたっている。職員を一人一人リストと付き合わせてから、ようやくブロードウェイに面した小さな通用口を開けている様子が見えた。警察があの男の勤務を長引かせているのは、誰かがこのビルに隠れていると確信しているからに違いない。別の警官が一日中地下に立っていて、避難口の警備にあたっていることも、エリーゼはたまたま知っていた。

机に戻ると、ベントレー氏は昼食に出かけていた。手紙をタイプし終え、スペースキーをしばらくぼんやりと押しながら、入口に立つ警官についてさらに思いを巡らす。

なぜこんなにも長く警官を置いているのだろう？　ハドフィールド氏は月曜の夜に転落死した。今日は木曜日。殺人犯がいまもこの巨大な墓の中に潜んでいて、打ち捨てられた地下納体堂をうろつき回っているとでも考えているのだろうか？

われながらまったく馬鹿げた考えだが、そもそもこの恐ろしい事件自体が馬鹿げている――セスにあんなことができるわけないのに、疑いをかけるなんて。スプレイグ・カンパニーを破産させ、ブレイク・ハドフィールドの目を見えなくさせたことについて、自分の父親を責めるのと同じくらい馬鹿なことだ。ジム・スプレイグは誰も傷つけてはいない。それなのに警察は……

エリーゼの白い歯が真紅の唇をぎゅっと噛む。わたしはジム・スプレイグの娘。そして、二万人の警察官はいまでも間違っている。なんてこと、わたしは知ってるのよ！

ベントレー氏が厚さ六インチもあるレポートの山をエリーゼの机に置き、包装してダウンタウンにあるどこかの社長のオフィスへ郵送するよう命じた。エリーゼは茶色の包装紙を見つけ、レポートの山を丁寧に包むと、監査役のオフィスへ行って麻紐の束を借りようとした。

カール・ベントレーにとって、麻紐やホッチキス、郵便切手、ピン、そして穴開け器は、戦時債券やタイプライター用紙、あるいは十ドル紙幣と同列の資産だった。ベントレー氏はこれら貴重品を左側の引き出しの奥深くにしまい込み、ホッチキスを無駄遣いしたり、貴重な麻紐を六インチも使ってしまうであろう気まぐれな秘書に任せることなく、常に監視していた。

エリーゼの思考は別のところにあったが、ベントレー氏と過ごした二年間の影響はあまりに強かった。深さのある一番下の引き出しを二度も探し回ってから、ようやくここにはないと諦めた。もう一つの引き出しまで探す必要はないのだが、彼女はあえてそうした。カール・ベントレーは眼鏡以外のあらゆるものをきちんとしまっている。ほつれた端を輪ゴムできちんと縛った麻紐の束が左の引き出しにないなんて、このオフィスを地殻変動が襲うに違いない。

席に戻って念のため自分の机を探す。何日か前に麻紐を使ったからだ。あれは月曜日だったかしら。

州保険局に送るレポートを包装したのだが、麻紐の束はベントレー氏の引き出しに戻したはずだ。副監査役のディックソン氏の机も探してみる。茶色の目をしていていつも済まなそうな顔をしているい人だが、ベントレー氏の資産には大して敬意を払っておらず、もしかしたら必要に迫られて麻紐の束をくすねたのかもしれない。

ディックソン氏の机には何もなかった。探す価値があると判断した、他の四名の机も同じである。最後に、監査役のオフィスから見てビルの正反対にある机を探したが、ここにもなかった。

麻紐を徹底的に探して自分の机に戻ろうとしたところ、カール・ベントレーが玄関ホールからオフィスに入ってきた。眼鏡をかけていないので安心する。さもなくば、机の上にある包装途中の束を見つけ、彼自身も麻紐探しを始めるだろうからだ。その結果起こる大騒動は夏のあいだじゅう続くに違いない。だが、こっそり昼食へ出かけ、途中で別の麻紐を買ってくれば、その事態は避けられる。

セスとベントレー氏とのあいだを思考が揺れ動く。ベントレー氏を避けるべく駆け込んだ個室の中を見回す。真紅のカーペットに、クリーニングのしすぎでできたしみがあった。それを見つめていると呼吸が速くなり、黒い瞳に苦悩が満ちた。突然頭が真っ白になって壁にもたれかかる。

「パパ」エリーゼは囁いた。「ああ、パパ！」しかし、年月を経たいま、それは力のない呼びかけに過ぎなかった。

ブレイク・ハドフィールドが背の高い革張りの椅子に座り、父はその隣に立っている。ブレイク・ハドフィールド。あらゆる感情を蔑み、個人的な弱さを嫌うこの男は、金融帝国を築きながら、それが崩壊するのをなんの感傷も抱かずに見ることができる。数千もの貧しい人々を破滅に追い込むことで自らを救ったが、一人の友人の弱さを理解することはできなかった。

「ブレイクが助けてくれるよ、エリーゼ。今夜会いに行くつもりだ。彼はわたしの親友だし、わたしが出資者の金を横取りなどしないことは十分知っている。ブレイクは大金を持っているし、わたしの親友でもある。きっと助けてくれるさ。そうしなければ――」

ジム・スプレイグの親友……自分は当時十二歳だったが、その年代の子どもと同じように父親の死を飲み込んだ。わたしの親友――さっきの囁きのように、力のない呼びかけだ。

「そうしなければ――」父親はそこで口をつぐんだ。しかし、世界中がその答えを知っている。刑務所行きから免れようと助けを請い願うジム・スプレイグを、ブレイク・ハドフィールドは陰気に笑い飛ばしたが、その答えはハドフィールド自身の拳銃から発射され、銃についての情報が国中の新聞社にもたらされた。

しかし、父があんなことをできようか？ 苦悩のためにぼんやりとした頭で、父親の行動を思い浮かべようとする。単純かつ憎めない人間で、一瞬の嵐のように感情を爆発させても、あとには太陽のような笑みが浮かんでいる。怒り続けたり、計略を巡らすなど父らしくない。しかし、彼は計略を巡らせて引き出しからブレイク・ハドフィールドの銃を取り出し、ハドフィールドを守るあのカーテンの向こうから親友の背後に手を伸ばして、引金をひいたのだ。

それは自分の父親、ジム・スプレイグではない。だが警察は、父が銃を見つけ、それを手にこの部屋へ戻ってきたのだと主張した。「そうしなければ――」

エリーゼは黒い瞳をゆっくりと開いた。自分の思考が目に見えない悪魔の精霊を蘇らせてしまったのか、椅子の後ろのカーテンが動いて開きかける。しかし、誰もドアを通ってはこなかった。

「誰なの？」と、勇気を振り絞って囁く。すると、机の下を見ていた彼女の目に、こちらをじっと見つめる犬の黒い瞳が飛び込んできた。賢そうな犬の頭に続いて、男がオフィスに足を踏み入れる。

「マクレーン大尉！」安堵がエリーゼを瞬く間に飲み込み、それだけ言うのが精一杯だった。「びっくりさせないで！」

「申し訳ない、ミス・スプレイグ。お邪魔でしたか？」

「いいえ、とんでもない」エリーゼは早口で答えた。自分がいかに恐ろしいことを考えていたか、マクレーンに知られたくなかった。誰一人、知ってはならないのだ。「ちょっと捜し物をしていて」

「そうですか」

動かなければ。しかし、恐怖がなおもしつこくつきまとっていて、マクレーンのひと言も役には立たなかった。

「紐を探していたんですよ」そう言ってブレイク・ハドフィールドの机をまわり、シュナックが不思議そうに見つめる横で左側の一番下の引き出しを開けた。

「ありましたか、ミス・スプレイグ？」ダンカン・マクレーンが尋ねる。

「ええ。ありましたわ」端を留めている輪ゴムがエリーゼに強い印象を残した。そんなはずはない。だが、そうなのだ。他の数多くのことが真実であるように。ハドフィールドの机にあった茶色の大きな麻紐の束は、紛れもなくベントレー氏のオフィスからなくなったものだった。

4

マクレーンがブレイク・ハドフィールドの机に自力で座る様子を、エリーゼは興味深く眺めた。シユナックは自分にぴったりの場所を選び、満足げに尻尾を一振りしてから腹這いになっている。

「大尉、もしよろしければ」この場をさっさと逃げ出したい人物の、几帳面かつゆっくりとした口調でエリーゼは言った。「もう行きたいんですけど。お昼をまだ食べていないので」

「ええ、どうぞ」と、マクレーンは返事をしたが、相手を制すように片手を上げた。「ですが、その麻紐の束は持って行かないでいただきたい」

「麻紐？」エリーゼは大尉に向けていた視線を手の中にある束へ移した。「ベントレーさんのオフィスにあったものなんですよ」

「そうですか」しかし、マクレーンの表情豊かな顔は何かを問うている。

「オフィス中探し回ったんです」エリーゼが説明した。「誰かがベントレーさんの机の引き出しから持ち出したに違いありません」

「どうしてここで見つかると思ったんですか？」

エリーゼは顔を赤らめ、まったくなんでもないことなのに罪悪感を覚えた。「そうじゃないんです、マクレーン大尉。実を言うと――そうね、本当のことを話しますと、ミスター・ベントレーが昼食から戻ってきたので、それを避けようとここに逃げ込んだんです。あの人、細かいことで大騒ぎしますから」

「この麻紐の束のように？」

「ええ。それに郵便切手なんかでも。わたし、昼食に抜け出して、別の麻紐を買ってこようと思っていたんです」

マクレーンは机にあるブロンズのペーパーナイフを見つけ、指に挟んで前後にしなわせはじめた。

「ミス・スプレイグ。これは理解しておいてほしいのですが、わたしの頭の中には一つの考えがあります。それはセス・ハドフィールドを助けることになるんですよ」

「信じてますわ、マクレーン大尉」

「でしたら、わたしの質問をどうか攻撃ととらないでください。あなたは頭の切れる女性だ。外見の美しさに、わたしがさして影響を受けないのはおわかりでしょう？」

「ありがとうございます」エリーゼは曖昧に返事をした。この人の話はどこに向かうのか？　自分には理解できない何かの理由で、麻紐の束に興味を持っているのは明らかだ。その上、巧みに警告を発しているような気がする。あるいは、自分に釘を刺そうとしているのか。

「ここで麻紐が見つかるとは思わなかった、と言いましたね？」

「このオフィスにあるなんてわかりませんでしたから」

「引き出しを探そうと考えた理由はなんです？」

「あなた――それにこの犬ですよ。わたし、カーテンとシュナック――確かそういう名前でしたよね？――を見ていたんです」

マクレーンは頷いた。シュナックは敏感な耳をぴんと立てている。

「それで、シュナックがカーテンを動かしましたよね。でも、誰もいないからびっくりしちゃって。そこにあなたが入ってきて、わたしは混乱したんだと思います。ともかく、引き出しを開けてみると、そこに麻紐があったんです」

マクレーンの指のあいだで、ペーパーナイフが弧を描いている。「麻紐の束なんてどれも同じようなものですが、これがミスター・ベントレーの引き出しにあったものだとどうしてわかったんですか？」

彼女は頷き、やがて顔を赤らめた。相手の目が見えないことを思い出したのだ。「ベントレーさんは、麻紐全体に輪ゴムを巻いて束を作る癖がありましたから」

「ちょっとよろしいですか？」マクレーンはペーパーナイフを置き、片手を差し出した。

エリーゼは束を手渡した。

それを机に置き、金色の平らな煙草入れを取り出して相手に一本勧める。エリーゼはまずマクレーンの煙草に火を点けてやると、自分の煙草にも火を点け、スタンド式の重い灰皿をマクレーンの椅子の近くに動かした。ほんのわずか手を動かしただけで灰皿の位置を探り当てたのは、近くに動かしたときの音を追っていたからだろう。

再び麻紐を手にとる。エリーゼが煙草を吹かしながらそれを見ていると、ゆっくりと束を回し、指先で重さと感触を確かめた。最後に麻紐の端を輪ゴムから引き抜いて、一部を短く切った。

太く茶色い麻紐だった。切り取った麻紐を両手でぴんと引っ張り、そのままの力を保っているとやがて紐が千切れた。それを見て、マクレーンが驚異的な腕力を持っているのだと初めて実感した。

「実に強靱だ」マクレーンが呟く。

エリーゼはゆっくり息を吐き、「あなたのほうこそ！」と声を上げた。

マクレーンの眉毛が嬉しそうにそわそわと動く。輪ゴムをはめ直し、千切れた紐をポケットに入れてから、左側の一番下の引き出しに束を戻した。

「このままにしておきましょう」さりげなくそう言うと、再び煙草をくわえた。「今日はお互いに褒め合いばかりしているようですね。車と運転手が外で待っています。一緒に昼食をどうです？」

「喜んで、と言いたいところですけど、ちょっと用があるんです。ミスター・ベントレーが――」

「それはどうとでもなると思いますよ。実を言うと、彼に頼んで午後いっぱいあなたをお借りしようと思っていたんです。セスの休暇がもう少しで終わりますからね」そこで躊躇い、「まあ、セスのことだけではないんです。あなたにしてもらいたいお仕事があるんですよ」

「ミスター・ベントレーを説得してくだされば、こんなにいいことはありませんわ」エリーゼの黒い瞳が期待を込めて相手を見る。「ここから麻紐を持ち出さないのはどうしてです？」

マクレーンは煙草を灰皿に置いて答えた。「あなたにとって危険だからですよ。そう言うと不安ですか？」

「ええ、少し」エリーゼは認めた。「でも、なんのことかわからないんですけど」

「わたしもです。それに、警察も同じですよ」ダンカン・マクレーンは言った。「わたしが恐れるのはただ一つ――自分に理解できないことです。殺人が起きると、それに結びつく些細な物事すらも危険になります。犯行後の殺人者の神経は、極めて敏感な糸のようなものですからね。あなたにせよわたしにせよ、手掛かりを持っているのを知られれば、その神経の一本を引き抜いてしまい、再び殺人を犯させることになりかねません。この部屋からなくなったもの、この部屋にあるべきでないものは、すべて手掛かりになります。このオフィスには二件の殺人の跡が残っていますからね」

「二件？」エリーゼの細い首が一種の悲痛できゅっと締まった。「誰のことです、マクレーン大尉？」

「ブレイク・ハドフィールドと、あなたのお父さんですよ」

「父について悪く言われなかったのは、それに本当のことを言われたのは、この六年間でこれが初めてですわ」

「つまり、お父さんは殺されたのだとずっと信じていたんですね？」

「信じてただけじゃありません。わかっていたんです」

「ブレイク・ハドフィールドは、月曜の夜にそれを知った」大尉は指をテントのように組んだ。

「証拠はおありですの？」エリーゼが熱心な口調で尋ねる。

「いいえ」そう答え、悲しげに首を振った。「それを見つけることが、わたしの使命です」

「手伝わせてください、マクレーン大尉」エリーゼは机に近づき、マクレーンに近い端へ腰を下ろした。「父が死んでから、生きている感じがしませんでした。父の死は影のようにつきまとって、することなすことすべてぶちこわしたんです――セスとの結婚もその一つ」

マクレーンがゆっくりと首を回したので、エリーゼははっと息を呑んだ。オフィスを見回し、家具や間取りを視覚で確かめているのではないかと感じたからだ。

「六年もあれば色々なことが起きますからね。いまから手をつけるには遅すぎます。警察がそのとき騙されていたのなら、いまさら何ができるでしょうか？」細身の顎が引き締まり、顎先の割れ目が深くなる。「殺人で起訴するには証拠が必要です。水も漏らさぬ有罪の証拠がね。そうしなければ、大陪審も起訴を適正とは認めないでしょう」

「父は起訴されるようなことなんてしていません」

「それは信念であって、証拠じゃありませんよ。お父さんが六年前に、ブレイク・ハドフィールドが月曜の夜にこのビルで殺されたのなら、それを実行したのは一人の人物です」組んでいる手に一層力がこもる。「ある意味で、そうではないことを願っていますが」

「わたしはそうであることを願っています」エリーゼはきっぱりと言った。

「自分で何を言っているのか、おわかりじゃないんですよ」マクレーンが続ける。「わたしは目が見えなくなる前から、いくつもの事件に取り組んできました。逃亡中の犯人が、あなたのお父さんを殺害し、ハドフィールドの目を見えなくさせてから見事に転落死させるほど頭のいい人物だとすれば、この街の安全そのものが崩壊していたはずです。証拠は残さず、痕跡だけを残した。痕跡は彼の存在を我々に知らせるだけで、立証する手掛かりにはならない」

「わたしにしてもらいたい仕事がある、って言ってましたよね?」エリーゼは机から滑り降り、マクレーンの腕に優しく触れた。「何が起きようと、父の疑いを晴らすお手伝いをする権利がわたしにはあります。何をしてほしいんですか?」

マクレーンは指先で黒い短髪をまさぐり、一、二秒のあいだ物思わしげに捻ってから狭いビュッフェを指差した。

「銀の棚にグラスが六つありますか?」

「ええ」不思議そうな声で答える。

「誰かがその一個を割ったら、ベントレー氏は動揺するでしょうか?」

「どうかしらね!」エリーゼは相手の豊かな想像力に答えを任せた。

「誰がグラスを交換すると思います?」マクレーンが続けて尋ねる。「あなたのお仕事になるでしょうかね?」

「たぶん。ベントレーさんがどうするかわかりませんけど。なんにでも責任を感じる性質《たち》ですから」

「グラスをここに持ってきてくれますか?」

エリーゼはそれらを机の上に置いた。マクレーンは六つのグラスを一度につまみ上げて重さを量ると、一つずつ軽く叩いた。そして、最初の一つを再び持ち上げたが、それは出し抜けに指から滑り落ちて机の端で跳ね返り、カーペットと床の境目にぶつかって音を立てて割れてしまった。

エリーゼは無言で破片を見ながら立ちすくんだ。わざとグラスを落としたのは明らかだった。

「破片を拾ってください。気をつけて」マクレーンは笑みを浮かべている。「代わりを買ってきてほしいんです――B・Hのイニシャルがあちこちに刻まれた、なるべく同じものを。ニューヨークのすべての店を探してもらいたいんですが、一番似ていると確信できるものを見つけるまでは買わないでください」

「それなんですか、わたしにしてほしいことって？」腫れぼったい瞼がなかば閉じている。

「ええ。ですが、まずは昼食にしましょう。ベントレー氏にはわたしから言っておきます。割ってしまったのであなたに同じものを買いに行かせたと」

「見つけたらどうすればいいんです？」

「探している途中は、絶えずわたしと連絡をとってください」と、真面目な口調で告げる。「それはいくら強調しても足りません。この買い物が何に結びつくのかはわたしにもわかりませんが、その答えはお父さんの無実を証明するでしょう。どうか気をつけて、エリーゼ――お父さんとハドフィールドが辿った運命を、あなたにも辿らせたくはないんです」

第4章

1

「いいですか、エリーゼ」ビルトモアのダイニングルームで、マクレーンがコーヒーを飲みながら言った。「これはまったくの骨折り損になるかもしれませんよ」

「それでもかまいません」エリーゼはそう答えるとコーディアルを啜り、椅子に背をもたせた。

「あなたが考えているよりも、そうなる可能性は高い——なんらかの成果がある確率は百万分の一というところでしょう。あのグラスがどこで買われたものかを突き止めたとしてもね」

「どうしてそんなことをお知りになりたいのか、全然わからないんですけど」

ダンカン・マクレーンはコーヒーにクリームを足している。席に着いたとき、エリーゼはなんだか落ち着かない気分だった。肉を切ってあげるべきか？　どんなエチケットが求められるのか？　しかし、マクレーンの自信に満ちた雰囲気を見ていると、そんな不安もすぐに消し飛んだ。彼はウェイターを名前で呼んで、フレンチ・ラムチョップとクリーム・ポテト、それにエンドウ豆を注文した。

「ラムチョップはお皿の右側、ポテトは左側にあります。エンドウ豆は左の小さな皿でございます」

と、内緒話でもするようにウェイターが囁く。

　マクレーンは頷いて食べ始めた。十分後には、この男が盲目であることをエリーゼはすっかり忘れていた。

「オフィスにあったグラスですが、一つだけ新しく買ったものがあるんです」マクレーンが説明する。

「まずは、そのグラスを買ったのがお父さんの生前か死後かを知りたい――いや、もったいぶるのはよしましょう。それがお父さんの死後なら――」マクレーンのよく動く指が重いゴブレット（足つきのグラス）を撫で、側面に刻まれたビルトモアのイニシャルを辿った
「死後なら？」

「知りたいのは、誰がいつ、なぜ買ったかなんです」

「わたしが何をしようとしているのか、もう少し詳しく教えてもらえると助かるんですけど」

「それはわたしも同じですよ、エリーゼ」マクレーンが答える。「残念ながら、知っていることはみんなお話ししてしまいました。あのグラスがお父さんの死後に買われたものだとしましょう。そこに奇妙な点はありますか？」

「いいえ、ないと思います」エリーゼは正直に答えた。

「ですが、わたしにとっては違うんですよ。ブレイク・ハドフィールドがあの夜お父さんと会ったとき、鉱山信託基金ビルに入ったのは数年ぶりだったんです。二人は一緒に酒を飲んだ。月曜の夜のセスと同じように。警察のファイルによれば、使用済みのグラスが二つ見つかっています――一つにはハドフィールドの、もう一つにはお父さんの指紋がついていた。警察は現場の写真も撮っていますが、そこにグラスは五つしかない。一つはハドフィールドの机の上、もう一つがテーブルの上、残りはビ

ユッフェにある銀の棚の中です」

「でも、いまは全部、あのオフィスにあるわ」エリーゼが反論する。「あなたが割った一個を除いてね」

「そうなんですよ」相手を惹きつける笑みを浮かべて、マクレーンは言った。「鉱山信託基金ビルは閉鎖され、ハドフィールド氏もあのオフィスをまったく使っていない。あの几帳面なベントレー氏さえも当時は出入りしていなかったんです。割れたグラスにそっくりなものを見つけてくるほど、ブレイク・ハドフィールドの所持品に興味を抱いていたのはいったい誰なんでしょう？ もちろんハドフィールド氏本人ではない。目が見えませんからね。また、当時あのビルにいて、いまもそこで働く唯一の人間であろう警備員のダン・オヘアも違います」

「そっくりのグラスさえ見つければ、父の疑いが晴れるとお考えなんですか？」かすかに眉をひそめてエリーゼが訊いた。

「おそらくね。しかし、あまり期待はしないでください」いつの間にか思考が抜け落ちてしまったかのように、マクレーンの顔は無表情だった。「六年前のあの夜、その場に第三の人間がいて、お父さんやハドフィールドと一緒に酒を飲んでいたとしましょう。その人物は――」

「そうだわ」エリーゼは思わず口にした。「そいつが父とハドフィールドさんを撃って、逃げるとき時間に追われていたなら、そのグラスを持ち去っていたでしょうね」

「そうだとすると、指紋を拭い去ってから、こっそり元に戻さなかったのはなぜでしょう？」マクレーンが静かに尋ねる。「どうして別のグラスを買ってきたんです？」

「たぶん、捨ててしまったのよ」

マクレーンは首を振った。「われわれの相手が色々な期待的憶測でなく一人の人間ならば、この男の思考を辿るのは極めて難しいと言わざるを得ません。まあ、犯人が男だとすれば、ですが。こんなことをするほど頭がいいなら、戻そうと思っていたグラスを捨てたりはしないでしょう。いつの日か、B・Hのイニシャルが刻まれたグラスがいきなり現われるのではないかと、不安でたまらないはずです」

「でも、どうして？」

「死というものは、立て続けに起こるものですからね」

三時少し前、板ガラスのショーウインドウがあるコヴィントンズという店の前で、エリーゼは大尉の車を降りた。五番街の交通の波に車が呑み込まれるのを見送り、寒さに耐えながら、陳列されている高級品の数々を見つめる。そして、どんな家にも似合うであろういくつかのウェディングギフトを心の中で選び出した。

最初の店としてコヴィントンズを選んだのはジュリアに電話した結果だった。彼女によると、ブレイク・ハドフィールドのアパートにある品々の多くは、この有名なギフトショップで購入したものらしい。

マクレーンとの会話は、単純ながら重要なこの任務にエリーゼの心を燃え立たせた。回転ドアを押して店内に入ると、グラスや陶器、金属器が並ぶ陳列棚の眩い光が事務的な秩序と調和し、エリーゼをたじろがせた。灰色の帽子を被り、フロックコートを着たアドニスのような警備員に声をかける。

「割れてしまったグラスを探してるんですけど」

「それならミス・アーバックルが担当でございます。ガラス製品は二階の奥になります」

男があまりに喜ばしげな笑みを浮かべるので、そのまま身体が二つに折れ曲がるほど深くお辞儀するのではないかと思われた。家具一式を任せたいと言ったらどんな挨拶をしてくるだろうか。そんなことを考えながらエレベータに乗った。

ミス・アーバックルは、胴回り四十二インチの身体をどうにかして三十八インチの黒いシルクのドレスに押し込んでいたが、まるで誂えたようにぴったりだった。興味津々ながら疑わしげな顔をしつつ、正方形の紙の上にグラスの破片を並べ、その数個をピンクがかった手のひらに載せてじっと見つめた。

「ここで最近お買いになったものですか？」

「実を言うと」エリーゼは正直に答えた。「ここで買ったものかどうかもわからないんです」

割れたグラスを見ていたミス・アーバックルの母性的な優しさは、エリーゼのその言葉にいくらか消え失せた。二つの破片を仲間のもとへ戻し、小さなハンカチで手のひらを拭う。

「たいていの場合、イニシャルが刻まれていれば同じものをご用意できるのですが――戦争が始まってからは――」

「一つ作っていただきたいわ」エリーゼはなおも言い張る。「まったく同じものを作れるなら。これはミスター・ハドフィールドのものだったんです。だからここに来たのよ。いつもこの店でガラス製品を買っていたから」

「ミスター・ジンケをお呼びしますわ。大口のお客様はほとんどミスター・ジンケがお相手させていただいてますから。たぶんミスター・ハドフィールドのことも憶えているでしょう。新しいセットをご所望なら――」

「この割れたグラスがほしいのよ――まったく同じものを。ミスター・ジンケを呼んでいただければ……」

「承知いたしました」そう言ってガードルを元の位置へ引っ張りあげてから、ミス・アーバックルは姿を消した。

エリーゼは金属パイプの椅子を見つけ、そこに腰を下ろした。壁の両側には巨大な鏡が並び、グラスや銀器を打ち砕かれた氷河のように映している。フロアの反対側では、小柄で遠慮がちな男が別の店員と忙しそうに話していた。眉をひそめながらその姿を見る。ガラス食器に関心のありそうなタイプには見えない。今日の午後、どこかであの印象の薄い男を見たのは間違いなかった。

しばらくするとミスター・ジンケがやってきて、男のことはそれきり忘れてしまった。長いフロックコートに身を包んだその姿はどこか哀愁が漂っていて、実際以上に背を高く見せている。

「ミスター・ハドフィールドのことはよく憶えております」ミスター・ジンケは悲しげに顔を歪めた。「お亡くなりになったんですよね？　恐ろしい、実に恐ろしい。あんなに素晴らしいお方が殺されるなんて！」

「ええ」エリーゼは恥ずかしげに返した。「ところで、ミスター・ハドフィールドはこのグラスをここで買ったのですか？」

「もちろんでございます」さらに顔を歪めて答える。「ここを出られる前にご相談をお受けしましたから。恐ろしい、実に恐ろしい」

「ここで買ったんですか？」エリーゼは焦りそうになるのを必死に抑えた。二度目の「恐ろしい」も、ミスター・ハドフィールドの転落死に対する言葉であるのは間違いない。

「もちろんでございます。ですが、別のグラスをご用意することはできません。ミスター・ハドフィールドも何年か前に代わりのグラスをお求めになりましたが、ご用意することはできませんでした。それはいまも同じです。スロバキア製でして、もう生産中止になっているんでございますよ」

「ミスター・ハドフィールドも代わりのグラスをお求めになった、と言ったわよね？」

「はい、マダム」

「憶えているかしら、それがいつのことなのか？」エリーゼは息を呑んだ。最初の店でうまくいくなんて、なんだか出来過ぎている。

「一九三六年でございます、マダム」ミスター・ジンケの顔から笑みがどんどん消えてゆく。「ミスター・ハドフィールドのお名刺をお預かりしまして。こうしたお求めは必ず記録しているんですよ。そして、こうした仕事を専門にしている店を紹介申し上げました――つまり、模造品の製作でございます」

「教えてくださる、その店を？」

「ええ。五十四番街とマディソン・アヴェニューの交差点にある、リシュリュー装飾工房でございます。オーナー兼店長の女性にお話しください――名前はミス・サイベラ・フォードです。あとはよろしいですか？」

2

バッテリーパークを通り抜けると、弁護士会館ビルの細長い現代的な建物が天に向かって聳えている。コートニー・ガーフィールド・アンド・スティール弁護士事務所はその七階を占めていた。

フィル・コートニーは残業続きの秘書を帰し、午後九時に出港するスタテン島行きフェリーの最終便を窓から見ていた。そのとき、自分が一人でないことに気づいた。振り向くと、丸顔でずんぐりとした小柄な男がいつの間にか個人オフィスに入っており、後ろ手でドアを閉めていた。

「なんの用です?」コートニーは苛立ちも露わに尋ねた。「誰も入れるなと指示したんですがね」

「わたしもそうしていますが、どうせ無駄なんです。どうやらスタッフの皆さんはもうご帰宅したようですね」

「わたしも帰宅するところです」

「そうでしょう、ミスター・コートニー」訪問客はそう言って机の上に名刺を置き、虚ろな黒い目で一瞬弁護士を見つめたあと、色の濃い丸顔にとろけるような笑みを浮かべた。「シカゴから戻ってすぐ、ブレイク・ハドフィールドが死んだことを知ったのです。で、すぐあなたにお会いする必要を感じまして」

フィル・コートニーは名刺を一瞥した。

T・アレン・ドクセンビー
弁護士
四十二番街164½西

もっとましな住所がありそうなものだ。それに、二色の靴の爪先からスナップブリム（頂部を凹ませた男性用のソフト帽）のてっぺんまで、このドクセンビーなる人物は健全と言うにはあまりに洒落ていて、信用するにはいささか如才がなさ過ぎる。悪徳弁護士という表現がぴったりだが、こうした人物こそ厄介だ。

「少々疲れていましてね、ミスター・ドクセンビー。ご用件はなんでしょう?」

「ごもっとも」ドクセンビーはそう言ってスナップブリムを机に置いた。そして、厚いサテン地が表になるよう黒いコートを丁寧に畳み、ベルベットの襟を払ってから、大事そうに椅子の背にかけた。

「われわれは二人とも弁護士です――つまり、同じ悪事に手を染めている。犯罪者の兄弟というわけですな」

「何が言いたい、ドクセンビー? まあ、名前なんてどうでもいいが」フィル・コートニーは負傷した腕をかばいながら椅子に座った。「わたしはこの仕事を悪事とは思っていないし、あんたと兄弟なんて真っ平ご免だ――犯罪者であろうとなかろうとな」

「そう怒らないでください、ミスター・コートニー。別に怒らせようとしたわけじゃなく、わたしなりのジョーク、時間つぶしなんですよ。まったく、あなたのおっしゃる通りです――弁護の仕事は真面目そのものだ。あなたはブレイク・ハドフィールドの資産を管理している」

「ああ、そうだ」

「結構」ドクセンビーは肉づきのよい両手を感謝するようにこすり合わせた。「それを確かめられて安心しました。わたしの依頼人の事柄が、かくも優秀な人間の手に委ねられているんですからね」

「ブレイク・ハドフィールドはあんたを雇ったことなどないはずだが」これ以上ないほど鋭い声で相手の言葉を否定した。

「その通りです。わたしに依頼したことはありません。まったく不幸なことです。それを指摘しようとしたんですがね。ハドフィールド氏は素晴らしいビジネスマンでしたが、残念なことに目が見えなくなってしまった。そこにあなたが入ってきたわけです」

「もう出て行ってくれ、ミスター・ドクセンビー！」

「まあまあ、ちょっとお待ちください。怒ってはいけませんよ。弁護士が怒りに身を任せるなどよくない」ミスター・ドクセンビーは上体を寄せ、笑顔をいっそうとろけさせた。「ハドフィールド氏の資産を管理するなど、きっとかなりの報酬なんでしょうね。わたしにも手伝わせてくれれば、さらに仲間が増えますよ――あなた、ガーフィールド、スティール、そしてドクセンビー。別にわたしの名前を看板に加えてほしいわけじゃない。わたしにも仕事がたくさんあって――それに、自分で処理するのが好きなんです。しかし、ハドフィールド氏の資産管理にわたしを加えてくれれば、それだけの価値はきっとありますからね」

コートニーはうんざりした様子で椅子に背をもたせ、眉をひそめて目の前の小柄な悪徳弁護士を睨みつけた。ドクセンビーは抜け目がなく、おそらくは邪《よこしま》な頭の持ち主だが、決して馬鹿ではない。その言葉を聞けば、こちらとしてもさらに何かを言わざるを得ない。

「脅迫の一歩手前だぞ、ドクセンビー」暗い茶色の目をなかば閉じて言い放つ。「これ以上続けるつもりか？」

「いやはや、ミスター・コートニー！」ドクセンビーの丸々とした胴体が、声にならない笑いで震えている。「そんな醜い言葉があなたの口から出るなんて！　びっくりですな。脅迫？　おやおや。わたしもその言葉を使ってしまいましたよ。ですが、ハドフィールド氏の資産管理にわたしが加わろうとするのは、あなたが何かを恐れているという事実に基づいているんです。それは本当ですか、ミスター・コートニー？　ずっと昔にブレイク・ハドフィールドに貸した金が、あなたを不安にさせていることなんてありませんよね？　返済されなかった金が」

「ああ、違う」コートニーは正直に答えた。「その個人的な件をどこで聞いたか知らないが、わたしが不安に思うことなどない」そう言って椅子を押し戻す。「あんたの忌々しい神経は――」

「五万ドルの個人的な件、ですか」ドクセンビーは悲しげに首を振った。「その金をハドフィールド氏がどうしたか、ご存知でしょうか？」

「いや」フィル・コートニーは関心がなさそうに顔をしかめたが、白髪交じりの額の赤みがどす黒くなりつつある。「ハドフィールドとわたしは友人だったのでね」

「いや、それ以上でしょう」ドクセンビーは熱のこもった口調で言った。「五万ドルもの借金をそのままにしておくなんて、よほどのことがあるはずだ」

「それがあんたとどう関係あるのか、いまだにわからないが」コートニーが突如堰を切ったように声を上げた。「だが、わたしがそうしたのは事実だ。最初は報酬の支払い猶予で、金を貸したわけじゃない。それをそのままにして――結局消えてなくなったわけだ」

「だが、忘れたわけではない」ドクセンビーの艶やかな顎に窪みができている。「あなたもご存知のように、法律というのは微妙なものです。貸した金がそうでなくなるのはいつでしょう？　借り主がそれを手許に置くのではなく、他に流用したとき、返済の義務を負うのは誰になりますか？」ドクセンビーは存在感を誇示しようと両腕をひろげている。「あれやこれやで微妙なんですよ、ミスター・コートニー。ブレイク・ハドフィールドに貸した金が他に流用されていたと陪審が知ったら、彼らはどう判断するでしょうね？」そこであわてて内心の興奮を覆い隠す。「もちろん、意図的な報酬の支払い猶予を、金銭の貸借と判断すればの話ですがね。わたしの言うことがわかりますか？」

「いいや」コートニーは答えた。「友人が自分の金で何をするか、それを調べる習慣はないのでね。ブレイク・ハドフィールドは一時的に窮地に陥り――わたしは報酬の支払いを猶予した」

「素晴らしい。ハドフィールド氏は追い詰められたあまり、あなたが猶予した報酬にさらに五万ドルを加え、全額を投資したんですよ――半分は自分のために、もう半分はあなたのために」

「そうだとしたら?」

「実に不幸な投資となったのです。わたしはたまたま、あの破産で金を失った二、三の投資家から依頼を受けていましてね」

「鉱山信託基金の破産では、何千もの人間が金を失った」コートニーはそう言って、負傷した腕を優しく撫でた。

「ええ、もちろんその通りです」狂気にも似た穏やかさで頷く。「しかし、わたしの言っているのは鉱山信託基金ではなく、別の会社なんです」

「なんの?」

「ジェームズ・スプレイグ・アンド・カンパニー」ドクセンビーの分厚い唇から、その単語がさも関心を惹こうとするかのように転がり出た。「ご存知かどうか、ミスター・コートニー。ブレイク・ハドフィールドはあなたの五万ドルをジム・スプレイグ・アンド・カンパニーに投資しましたが、その会社はいまなお、百万ドルの負債が未払いのまま残っているんですよ」

「何が言いたい?」あくまで冷静な口調で尋ねるが、顔面が蒼白になっているのは隠せなかった。

「あなたもご存知でしょうが、あなたはあの破産した仲買会社の匿名社員なんです――そして他の社員と同じように、匿名社員も当該会社のすべての負債を個人的に負担しなければならない立場にある」

「はっきり言えば、ブレイク・ハドフィールドがわたしの金をスプレイグの会社に投資したと証明されれば、わたしが金銭的に破綻するとほのめかしているんだな」

「そら！」ドクセンビーが声を上げる。「こんなに頭のいい方と仕事ができるなんて、これ以上の喜びはありませんよ」

「こっちこそ礼を言おう」コートニーの静かな話しぶりは危険だった。「ブレイク・ハドフィールドは、わたしの金で行なった無謀な投資について知る、唯一の生き証人だった——もちろん、あんたを除いてだが。ハドフィールド氏が死んだいま、そのつながりを立証するのは難しくはないかね？」

「いやいや、ミスター・コートニー！　スプレイグ・アンド・カンパニーの帳簿は州保険局に押収された。電話をかければいつでも見られますよ。法廷が調べれば、ハドフィールドがスプレイグに投資した十万ドルの出所はすぐに辿れるでしょうね」

コートニーは笑い声をあげた。「ドクセンビー。あんたは脅迫者だけではなく、どうしようもない馬鹿だ！　あんたはたったいま、ハドフィールドがその金を振り込んだことが、帳簿に記されていないことを認めたんだぞ。さて、ハドフィールドは死に、スプレイグも死んだ。今度はあんたの番だ！」コートニーが荒々しく立ち上がったので、ドクセンビーは椅子に座ったまま思わず後ずさった。

「脅すんですか、ミスター・コートニー？　脅すなんて嫌ですよ」

「わたしは脅しなどしないよ」コートニーは言った。「あんたは好きなようにすればいい。押収された帳簿を引っ張り出して、大騒ぎしようがそれは勝手だ。しかし、いますぐこのオフィスから出て行け、この小悪党め！　さもないとつまみ出すぞ！」

ドクセンビーは立ち上がってコートを広げ、襟を撫でてから袖を通した。「腕を怪我したのはお気の毒でしたね。転んでいなければハドフィールドの命を救えたのに」

「出て行くんだ」コートニーが言い放つ。「さもないと追い出すぞ。腕でもなんでも使ってな」

「考え直してくださいよ」ドクセンビーは続けた。「有能な人間を管理者にすれば、ずっと安くつくんですよ。陪審がどう判断するかなど、あなたにだってわかるはずはない」

ドクセンビーはドアをすり抜けるようにしてオフィスをあとにした。

フィリップ・コートニーはしばらく待ってからコートの袖にぎこちなく腕を通し、衣類掛けから自分の帽子を取った。オフィスを立ち去る前に机を開け、再び閉めて鍵をかける。三十二口径のスミス・アンド・ウェッソンを絹の三角巾に抱えながら廊下に出て、T・アレン・ドクセンビーのあとを追った。

3

弁護士会館ビルを出たT・アレン・ドクセンビーは上機嫌だった。八番街にある最寄りの地下鉄駅から中心部方面の急行電車に乗る。開戦以来、ドクセンビーの商売は坂を下る一方で、生活すらままならない有様だった。

コートニー・ガーフィールド・アンド・スティールのような大手事務所に赴き、ピンストライプのスーツを着た共同経営者の鼻を明かしたのはなんとも気味がよかった——何より利益になる。向かいに座るいかがわしい商売の若い女に微笑みかけたが、素っ気なく無視された。まあ、どんなに頭のいい弁護士だって、いつもうまくいくとは限らない。ともあれ、今夜の面談はどう考えても最高の出来だった。

コートニーは金を払ってくるだろう。小さな金を守ろうとして全財産を失う危険を冒すなど馬鹿の所業だ。そう、コートニーは激怒した。そのことを責めるつもりはない。しかし、五万ドルの行方を失った人間は当然の報いを受けた。行方を失ったとは何を意味していたのだろう? フィル・コートニーは、ハドフィールドがあの金をどうしたのか知りすぎているほど知っている。そうでないなら、ずっと以前に返済を求めていたはずだ。

ドクセンビーは祝いたい気分だった。五十番街の駅で列車を降り、八番通りを四十八番街まで歩いて西に曲がった。

プランタン・ホテルの受付が歓迎の笑みを浮かべて挨拶した。「彼女はいるかもしれないし、いないかもしれません。なんともわかりませんね」

「そうだろう」ドクセンビーは陽気に答えた。「きみが彼女の部屋に電話をかけない限りな」

「部屋にはいませんでした」受話器を置きながら受付が告げる。「お気の毒に!」

「そうでもないさ」言いながら、スナップブリムの位置を直して格好をつける。「ドキシーがいなくても、代わりがいくらでもいる」

「それはご伝言ですか?」

ドクセンビーは一ドル札を机に置き、「まさか!」と声を上げた。

「部屋にいないと聞いて、わめきだしたと伝えますよ」

「大げさに言うのはやめたまえ」と、急に弁護士に戻って忠告する。「女性というのは、予想もつかないことをしでかすものだ。わたしも数多くの事件を扱ってきたからな」

「どんな事件です?」

「ただの事件だよ」そして軽く手を振り、「それじゃあ、また」

だが、ドアのところで振り向いて、受付に戻ってきた。

「どうされました?」一ドル札をあわててポケットに入れながら尋ねる。

「伝言を残すことにした」そう言って机の棚からホテルの便箋を取り出し、次のように書いた。

ブライト《輝く》・アイズ《瞳》へ
何か変わったことを聞いたら知らせてほしい。事態は急速に進展しつつある。

署名は記さず封筒に入れ、角張った手でミス・ソフィー・マンソンと宛名を書いた。受付の男は立ち上がり、机越しに上体を寄せた。

「これでいいか?」

「もちろんです」受付係はウインクして、その封筒を三百十一号室の伝言受けに入れた。「簡にして要を得ています」

「ありがとう。いつかオフィスに来てくれ。そうしたらきみを雇ってやるよ」

ドクセンビーは早足で八番通りをもと来たほうへ戻り、ガーデンを横切ってとある有名なレストランに入った。店内を見ると、流線型を描くほっそりとした女性の背中がバーの腰掛けを飾っている。

「やあ、ブライト・アイズ」ドクセンビーは嬉しそうに声をかけた。「お母さんの調子はどうだい?

そんなのいないわ、なんて言わないでくれよ」そう言ってコートの前を開け、隣の腰かけに座った。

「まあ、巨大なマウスピースのお出ましね！」ソフィー・マンソンは数インチほど後ろに下がり、左側にいる男を指差した。「ミスター・ベントレーはご存知、ドキシー？」

「カール・ベントレーか？　もちろんだ。前に何度か会っているからな」

ドクセンビーは腕を伸ばし、矯風会に喧嘩を売るようなミス・マンソンの胸越しにベントレーと握手を交わした。

「調子はどうだい？」

「まあまあですね」ベントレーはそう答えて注意深く相手の手を握り返し、当惑したように見つめた。

「以前に会ったことがあると言いましたね？」

「二、三度な――あるいは、ダウンタウンにある州保険局のオフィスで鉢合わせになっただけかもしれんが。ともかく、わたしはきみのことを知っているが、こんなところに姿を見せるとは思わなかったな。何を飲んでいる？」

「スコッチのソーダ割りですよ」ベントレーはそう答え、眼鏡を外してナプキンで拭いた。

「わたしも同じものよ」溶けるような大きな青い瞳をドクセンビーに向け、ソフィーが言った。「ダウンタウンの職場の近くにあるレストランで、一緒に昼食をとったの」

ドクセンビーは咳の発作をこらえつつ注文した。

「それはそれは」飲み物がそれぞれの前に運ばれる。「わたしは物覚えが悪くてね。どこで働いていたんだっけ？」

「弁護士会館よ」軽蔑するような口調でミス・ハンソンは答えた。

「ああ、そうだったな」媚びへつらうようなドクセンビーの顔の前を雷雲が通り過ぎた。「まったくみじめだよ、こんなことすら憶えていないとはな」だが酒を一口飲むと元気が出てきた。「それじゃあ、わたしはお暇しよう。パーティーをぶち壊すために割り込んだわけじゃないからな。会えてよかったよ、ベントレー。真珠のネックレスなんかしちゃだめだぞ、ブライト・アイズ――リメンバー・パールハーバーだ！　さて、もう行かなければ」

ベントレーはドクセンビーの後ろ姿を見ながら、連れの女に言った。「出会った人間の半分はわからないんだ。実を言うと、眼鏡をかけないと誰が誰だかわからない」

「そんなに残念じゃなさそうね」ソフィーが返す。「銀行の破産の話をしていたんでしょ？　さあ、続けて」

ドクセンビーは八番通りを渡ってバスに乗った。渋滞の列になんとか割り込み、東へと走る。車中で女性のことを考えながら、女というものは揃いも揃ってぺちゃくちゃ喋り、常識などというのはこれっぽっちもないのだという結論に至った。

「弁護士会館よ」と、声に出さず口まねする。お人好しのベントレーはそれを憶えていて、いつかはそこで会えるとうろつき回っていたのだろう。会計士というやつはどうにもよくわからない。間抜け揃いに見えるが、会社の金を持ち逃げする新たな方法を見つけ出したと考えている、頭のいい顧客の群れを紹介してくれるのだから。

今度会ったらあのブライト・アイズを少し黙らせようと考えつつ、一番街でバスを降りる。弁護士会館！　あんな能なし女にものを尋ねるなど、まったく間が抜けている。あの女が働いた場所といえば、インナースプリングという小さな町しかないではないか。

さっきの高潮はいつの間にか消えていた。バーに入って二、三杯飲み、再び心を昂ぶらせながら、近くの腰かけに座る二本の脚に見惚れた。素晴らしい美脚だが、顔を見て即座に寒々とした店外へ出ることにした。

五十三番街の新築間もないアパートメントに入り、無人エレベータのボタンを押して最上階で降りる。脳裏には別の若い女性の姿があった。ソフィーほど痩せてはいないがまあまあ許容範囲だ。もう十時二十分だが、以前にこれより遅い時間に電話をしたことがある。

自室のドアの前に訪問客が立っているのを見て、ドクセンビーは不機嫌そうに舌打ちをした。

ドクセンビーが居を構えるアパートメントの管理人、エイブ・スタットマイヤーは、暖かなベッドの中でしきりに寝返りを打っているうち、妻の巨大な背中にぶつかってしまった。地下のアパートメントになど住むものではない。毎朝五時に起きて、まずはゴミの片付け。しかも、壁を取り囲む換気口ときたら、新鮮な空気の代わりに大量の騒音を吐き出すだけだ。

「どうしたのよ?」夫人が眠たげに尋ねる。

「またあのクーニー一家だよ。どうすればいいだろうか?」

「耳の穴に指を突っ込んで眠ることね」と、夫人が答える。

「牛のような神経がほしいよ」スタットマイヤー氏はそう言うと、下着を履いた両脚を厚いキルトから突き出し、疲れた足で冷たい床を恐る恐る探った。床よりも三度は冷たいと思われるスリッパに足が触れた瞬間、爪先の動きが止まった。

ベッドの縁に腰を下ろし、ぎこちなく身体を屈めてスリッパに足を突っ込む。夫人はいびきとともに夢の世界へ戻っていった。スタットマイヤー氏は暗闇に向けて何かを呟きながらズボンを履いた。ようやく気分がよくなった。

マッチでパイプに火を点け時計を見ると、十一時四十五分だった――そんなに遅い時間ではない。ニューヨークのパーティーはまだこの時間も続いている。だが、早朝の儀式がある管理人にとっては十分遅い時間だった。

スタットマイヤー氏はバスルームに入り、小さな窓を押し上げた。クーニーのパーティーの騒音が、いつにもまして響き渡る。

スタットマイヤー氏は窓から頭を突き出し、怒り心頭で上に視線を向けた。そして、「クーニーさん、もう少し静かにしてください！」と叫んだ。

上のどこかで窓が開き、女の声がした。「ごめんなさい、ミスター・スタットマイヤー。静かにしますから」その言葉を残し、窓は再び閉まった。

スタットマイヤー氏が頭を室内に入れた瞬間、瓶が髪の毛をかすめた。それは換気シャフトの底で砕け、飛び散るガラスとスコッチの臭気があたりに満ちた。

「まったく！」スタットマイヤー氏は思わず声を上げた。「ウイスキーの入った瓶を投げ落とすなど、酔っ払らうにもほどがある！」

4

「なくなったグラスを探そうとするこの試みは、結局無駄になったわけですね」ダンカン・マクレーンは言った。

「残念だわ、こんなご丁寧なお方にいままでお会いできなかったなんて」一番座り心地のいい椅子でくつろぐ引き締まった身体を見て、サイベラ・フォードは言った。笑みを浮かべたのだろうか、あるいは鼻や顎先で暖炉の火がちらついているために、唇が動いただけなのだろうか。

「それはなぜです?」マクレーンが尋ねる。

「六年前、ブレイク・ハドフィールドのために発注したグラスのことを、いまあなたはお尋ねになっている。わたしはどうしましょう? そうね、ディナーにご招待しますわ。キッチンに閉じこもってサイベラ流のお料理を作り、珍しいワインもご用意しますわよ。それにワンちゃんにもステーキをあげますから」

「暖炉の前で丸くなって寝るような、恥知らずの生き物なんですよ。まあいいでしょう、どうぞお好きなように」

「少なくともこの子は、自分の捜査が無駄に終わったなんて言わないわ」

「わたしは仕事の話をしているんですよ」マクレーンが抗議する。

「他の話をなさったことはないの?」笑顔のために目尻に皺が寄っているが、茶色の瞳は真剣そのものだ。

「そうしないようにしています」マクレーンの唇が再び引き締まる。「理由がないでしょう?」

サイベラはカットグラスやアンティークの銀食器がきらめくこぢんまりとした食堂に行き、シャトルーズの緑のボトルを手に戻ってきた。

「お飲みになって」そう言って、差し出した相手の手に小さなグラスを握らせる。マクレーンは一口啜り、褒めるように頷いた。リシュリュー工房の上にある四部屋のアパートメントは、階下のマディソン・アヴェニューを走る車の音以外は静かだった。「わたしがお答えすれば、もうここにはいらっしゃらないわね」

「いいえ、あなたがお答えくだされば、きっと戻ってきますよ」

「なんの違いがあるの？　どちらにしても、あなたはここから出てゆく。結婚生活はうまくいっているの、マクレーン大尉？」

「結婚はしていませんよ、サイベラ」そう言って、しっかりとした手つきでグラスを脇に置いた。

「でも、このワンちゃんと結婚してるじゃない」

「こいつは言葉でわたしを傷つけることはないですからね」

「わたしもそう――女はみんなそうよ」サイベラは暖炉の火を見つめながら、力を込めて言った。

「そんなに頭のいい男の方が、これほど馬鹿なのはどういうわけ？　あなたは、目の見える人間以上に物事をよく見られると自慢する。でも、日々の生活はこれっぽっちも見えていない。あなたは決して間違いを犯さない探偵で、音を頼りに人を撃ち殺せるけど――自分が女性の負担になることを恐れている。でもその女性は――」

「なんです？」

「こうした負担を背負って、天にも昇るほど嬉しいのよ」

そのとき、ドアをノックする音が聞こえた。

「ローソンを中に入れる前に、まずはお礼を申し上げますよ」

黒い中折れ帽を被り、地味なコートを着たハロルド・ローソンの巨体が玄関に立っている。サイベラはコートを手にとって言った。「素敵なお召し物ね？　どうしてディナー向きのスーツを着ているの？」

「ルーズベルトというレストランで、会計士協会の晩餐会があったんだよ」座りながら説明する。「飲み物はあるかい？　会計士のディナーなんて退屈でね」サイベラがハイボールを探しに行っているあいだ、今度はマクレーンを向いて言った。「ホテルに着いてすぐ、あなたからの伝言を受け取ってここに直行したんですが、いったいどうしたんですか？」

サイベラが食堂から口を挟んだ。「マクレーン大尉のお宅がここから数ブロックしか離れていないって言ったのよ。わたしが六年前、ブレイク・ハドフィールドのために発注したグラスに興味があるみたい。あなたも何か憶えてない？　いつだったか、それについて訊いたことがあったわよね？」

「ああ、そのことか」ローソンが答える。「ずいぶん面倒なことがありましてね」そう言ってサイベラから飲み物を受け取って口に含み、ありがたそうに呑み込んだ。「清掃員の女か管理人かが、セットの一つを割ってしまったんですよ。そのグラスを買ったコヴィントンで同じものを買おうとしたんですが、だめでした。で、サイベラが注文してくれたんですよ」

「グラスが割れたのはいつです？」マクレーンが尋ねる。

「ちょっと待ってくださいよ」酒をすすりながらローソンは答えた。「事件の起きるまで、ハドフィールドがそんなグラスを持っていることすら知らなかったんです。当時、デイヴィスとかいう男が、五個しかなかったと言っていましてね」

「あなたに言ったんですか？　それともハドフィールドに？」

「わたしにです。ハドフィールドは入院中でしたから」

「それで、面倒なこととは？」穏やかな口調で尋ねる。「まあ、面倒は面倒でしょうね。目の見えない男のために、代わりのグラスを用意するなんて」

ハロルド・ローソンは笑いながら答えた。「あなたは州の政治に関わり合いになったことはないんですね、マクレーン大尉。当時、わたしは州保険局に移ったばかりでした。われわれはハドフィールドの資産を追い、個人的な所有物さえ建物から持ち出すのを許さなかったんです。彼はすでに新聞報道に悩まされていて、鉱山信託基金ビルにある個人的な所有物もわたしの管理下にありました」

ローソンは言葉を切って煙草に火を点けた。

「それで？」マクレーンが先を促す。

「悪く言うつもりはないんですが」ローソンは続けた。「ハドフィールドは撃たれて目が見えなくなった。目の見えない人間は多くの同情を惹きますからね。些細な事柄が重要になり、ブレイク・ハドフィールドほどそうした状況を活用できる人間はいない。あのオフィスにあったものは残らず目録に記されました。わたしは誰もそれらに手をつけないよう気をつけ、実際すべて無事でした」

「つまり、ハドフィールド氏はグラスがなくなったことを知らなかった」

サイベラが代わりに口を開く。「わたしにはそんなこと言ってなかったわ」

「どのようにして彼と出会ったんです？」

「きっかけはコヴィントンズよ。大規模な装飾の仕事をわたしに発注してくれて。アパートメントの改装をしようとわたしに連絡してきたの。変化に慣れるために少しずつ進めたから、数年がかりの仕事になっちゃったわ」

「あなたは何を立証したかったんです？」ローソンが尋ねる。

「なぜあのグラスがなくなったのか、本当の理由を突き止めたかったんですよ」マクレーンは答えた。

「割れたグラスの破片は見ましたか？」

「いいえ。残ったグラスの一つをサイベラに送ったんです。そうやって仕事をしてもらいました」

「二つともハロルドに渡したわ」サイベラが割り込む。「古いのと新しいのと両方ね。さっきあなたもおっしゃった通り、どうやら手掛かりはそこで途絶えたようね」

そこで別の会話に移り、それが続いているあいだ、ローソンはさらに二杯のハイボールを飲み干した。マクレーンはスイス製の薄いリピーター（ボタンを押すとチャイムで時刻を知らせる時計）を取り出し、小さなチャイムの音に耳を澄ませた。

「なんということだ！」と、出し抜けに声を上げる。「もう十二時十五分だ。長居するつもりはなかったのに」後悔するような顔つきに一瞬警戒の色を浮かべたが、声のトーンをまったく変えずにこう言った。「ドアを開けてください、ミスター・ローソン。廊下に誰かが立っていますよ」

鍛えられた筋肉を持つローソンは、敏捷な動物のように音もなく椅子から立ち上がった。ノブを回して一気に開く。そして、驚きのあまり後ずさった。ラリー・デイヴィス警視が立っていた。

「階段の足音を聞いたんだろう、マクレーン。オフィスに行ったら、きみがここにいるとレナから聞いたんだ」警視に続いて冷たい風が室内に吹き込んだらしく、その途切れ途切れの言葉は寒気に包まれていた。

サイベラが声をかける。「お会いになるのは初めてですわね？　どうぞ、中に入ってお座りになって」

「こちらは殺人課のデイヴィス警視だ」と、ローソンが紹介する。

「お飲み物は、警視?」カットグラスのデカンターを指差しながら、サイベラが訊いた。

「いいえ、結構です」そう言って太い眉毛を一本の直線にし、ローソンを向く。「ここにいらしてからどれくらいになります?」

「一時間をちょっと過ぎたころでしょうか」ローソンは暖炉に近づき、椅子に腰を下ろした。

「きみは、マクレーン?」

「ミス・フォードが落ち着いていられる限度は超えているでしょうね。実を言うと、今夜はずっとここにいるんですよ」そして、あくびのふりをした。警視の顔に卵を投げつけるような行為なのは知っている。

デイヴィスは滑りやすい歩道を歩くかのように椅子へと近づいたが、そのまま座らず椅子の背に片手を置いた。「T・アレン・ドクセンビーなる人物をご存知ですか、ミスター・ローソン?」

「ええ」ローソンは振り向きながら答えた。

「最後に見たのは?」

「今日です」

「何時に?」

「午前中ですよ」

「どこで?」

「州保険局のオフィスです。彼は悪徳弁護士でしてね、何か稼ぎ口はないかといつもうろついているんですよ。もう何十回と追い出してはいるんですが、それでもしつこくつきまとうんです」

デイヴィスはきちんと整った髭を嚙み、コートのポケットから手を引き抜いた。「これをご存知ですか?」ローソンに突きつけたのは、デスクカレンダーから破った切れ端だった。

「読んでみたらどうです」マクレーンが提案する。

「ハドフィールドの資産の件でローソンに会う」奥歯に物が挟まったような声で、保険局の職員は読み上げた。「まあ、会いましたからね。今朝オフィスにやってきて、ブレイク・ハドフィールドの資産を管理しているのは誰かと訊いたんですよ。わたしはコートニー弁護士だと答えました。どこでこのメモを見つけたんです?」

「彼のアパートメントですよ。行ったことは?」

「ありませんね」

「五十三番通りと一番街の交差点です」警視はメモをポケットに押し込みながら言った。「およそ三十分前、ドクセンビーは十一階にある自室の窓から転落したんです。チャウダーにもならないほど木っ端みじんになりましたよ」普段は冷静な警視の声がかすかに震えだした。「まったく……マクレーン、きみに言ったことを憶えているか?　どいつもこいつも真っ逆さまに落ち始めたぞ!」

第5章

1

自殺。

ダンカン・マクレーンはペントハウスのオフィスにある長椅子へ横たわり、蓄音機が室内に響かせるショスタコーヴィチの第五交響曲に聴き入っていた。テラスへのドアにはめ込まれた菱形の窓ガラスによって幾筋にも分かれた朝の日光が、マクレーンの目に明るい縞模様を浮かび上がらせる。交響曲の冷笑的な緊張に混じって一つの魅力的な単語が渦を巻き、脳裏に模様を描き出した。

自殺――純粋かつ明白な三重の自殺。ジェームズ・スプレイグ。ブレイク・ハドフィールド。T・アレン・ドクセンビー。ワン、ツー、スリー、アウト！　三人とも自らの手で命を絶ったのだ。

レナが入口から首を突き出し、「また来てますよ、あの人たち」と告げた。

二人だけの侵略軍よろしくデイヴィス警視とアーチャー巡査部長が入って来たので、マクレーンは立ち上がって蓄音機のスイッチを切った。

「音楽から殺人者に至るまで」と、笑みを浮かべながら二人を迎える。「この世界は苦悩に満ちていますね」

「街を散歩してみたらどうだ?」椅子に腰を下ろしながらデイヴィスが言った。

マクレーンは机の後ろに座った。

「アーチャー、きみが体重を落としてくれないと、椅子のクッションを取り換えなきゃならなくなる」非難するように眉が吊り上がっている。「腰を下ろしたとき、このアパートメント全体が揺れた《シュック》よ」

「近々警察署で組織の再編《シェイク・アップ》がありますからね」アーチャーが笑み一つ浮かべずに答える。

「わたしは首になる前に辞表を叩きつけるよ」デイヴィスが言った。

「それはありがたい」マクレーンは笑い声を上げた。「スパッドがいないいま、屈強かつ優秀な人間を二人も使えるとは助かりますよ」

「冗談だと思っているのか?」デイヴィスは書棚から点字本を取り出し、膝の上で開いた。「署長が意見を伝えてきてな」

「あなたとアーチャーについての?」

「まあ、結局は同じことになる」そう言って点字本に指を走らせ、文句を言うように呟いた。「これの読み方も学ばなきゃならないな。わたしの目も見えなくなりそうなんだ。ハドフィールドもドクセンビーも、自ら身を投げたと署長は判断した」

「論理的にして安易な結論ですね。二人とも助かるでしょう」

「まあね」アーチャーが呟く。

「さっき、街の散策と言いましたね?」マクレーンがデイヴィスに尋ねる。「行き先はドクセンビーの住まいですか？」

「ああ」

「何をしてほしいんです？」

警部は椅子から立ち上がり、机の上の箱から煙草を取り出した。「アーチャーとわたし、それに殺人課の四名のスタッフを助けてもらいたい」

マクレーンは辛抱できないというように、指先で髪を掻きむしった。「おやおや！　わたしが警察やあなた、あるいはアーチャーの能力を疑ったことなど、一度もありませんよ。わたしのほうこそあなたがたの助けを必要としてきましたし、関係したどの事件でもそれを得ることができました。あなたの助力なしに活動できる私立探偵など、この街にはいませんよ。何が目的なんです？　あなたの言うことあるいはすることなら、喜んでお助けしますが」

「最も呪われた組織の一員として、そうしてもらえればありがたい」そう言ってタバコの煙を深く吸い込み、椅子に戻った。

「もっと言わせてください、大尉」アーチャーが続ける。「ここに来たのは、あなたがわれわれをどのように考えているのか知っているからですよ。あなたは目が見えないが、他人が見過ごしたことに注目する。ドクセンビーの死についてわれわれに同意してくださるなら、われわれが真実だと考えていることを信じなければならない、警視はそう考えているんです」

「で、なんです、その真実とは？」

「アーチャーもわたしも全盛期を過ぎた」警視はユーモアの欠片《かけら》も見せずに言った。「だから、きみに任せることにしたんだよ」

マクレーンは人差し指で机の上に円を描き、その中心を鉛筆の先で突いた。そのゆっくりとした動きには、孤独以上の深い感情が込められていた。ラリー・デイヴィスとアロイシウス・アーチャーは、ダンカン・マクレーンにとって有能な警官以上の存在である。二人は友人だ。熱く口論することもあるが、あくまで友好的な口論であり、怨恨や敵意などは存在しない。人生の最も困難な局面において、マクレーンはスパッド同様、二人を頼りにした。そして彼らは、例外なく自分を助けてくれた。

普段は冷静なマクレーンの思考に深い不安が兆していた。ラリー・デイヴィスは得体の知れない恐るべき問題に直面している。そうでなければ、長いキャリアに終止符を打とうと考えているなど、この男が言うわけはない。信じたくはなかったが、デイヴィスは本気だ。自分もアーチャーもまったくお手上げだと、警視は考えているのだ。

「まったくなんということを!」マクレーンは声を上げた。「二人ともそんな腰抜けじゃないはずです。何があったんですか?」

「その場に誰もいないのに、突き落とされて死んだ人間たち」デイヴィスが素っ気なく答える。「それに、検死官による自殺という所見。考えただけで頭がおかしくなりそうだ」

マクレーンの唇が再び素早く動き、やがて落ち着きを取り戻した。「つまり、このドクセンビーという人間は、昨夜自室の窓から突き落とされたと?」

「ハドフィールドについてはどう思います?」デイヴィスが返事するより早く、アーチャー巡査部長が訊いた。「所見は自殺です。息子が殺したとは警視もわたしも信じていません。まあいいでしょう。わたしが言いたいのは、あのビルには三人の他には誰もいなかった。あなたも息子が殺したと思いますか?」

マクレーンは一瞬考えてから答えた。「正直に言えば思っていません。前にも話しませんでしたか?」

「その通りだ」デイヴィスが荒々しい口調で割り込んだ。「だが、クビになる前にもう一度洗い直す。署長がなんと言おうと関係ない。まずは、息子は父親を殺しておらず、他の二人にも不可能だったという事実から始めよう。そうなると、自殺という説が理にかなっていると思うか?」

「いいや――答えは同じです」

「よろしい」デイヴィスが続ける。「ここにもう一つの視点がある。ドクセンビーは人の死体を嗅ぎまわるペテン師で、ラ・ガーディアが議員になる前から、政治家から売春婦に至るまで誰にでも噛みつくような男だった。そいつが窓から転落した。礼拝堂の時計で昨晩の十一時四十七分――ここに押しかける四十分前だ。ドクセンビーはビルに挟まれた空間に衝突した。一番街に住む全員がその悲鳴を聞いている」

「ちょっと待ってください」マクレーンが遮る。「実際に落下しているのを誰か見たんですか?」

「屋上あるいは別の部屋から突き落とされたか、と言いたいのであれば答えはノーだ。『そんな悪党が、自ら飛び下りて自分の身体をばらばらにすると考えているのか?』と訊かれたら、その答えも同じくノーだろうな」

マクレーンは首を振った。「でしょうね」

「だが、奴はそうしたんです」巡査部長が真面目な口調で割り込む。「検死官も署長もそう主張していますからね」

「転落したとき部屋には誰もいなかったと、あなたがたは確信しているのですね?」

「何も確信などしていないよ」煙草を勢いよく押しつけるあまり、灰皿が音を立てて揺れた。「われわれは得体の知れない世界に生きているからな。向かいのアパートメントに住む夫妻が、ドクセンビーの悲鳴を聞いて奴の自室に押し入ろうとした。警官が管理人のスタットマイヤーを連れてやって来るまで、耳を澄ませてドアの外で立っていたそうだ。しかし室内には誰もおらず、窓が開いているだけだった」

「それで終わりじゃないんです」アーチャーがまたも口を挟んだ。

「ちょっと待て」デイヴィスがそれを遮る。「なくなったグラスに関心を持っていたな、マクレーン？　それを追ってみたのか？」

「ええ」

「で、何を突き止めた？」

マクレーンは警視にいきさつを話した。

「なぜグラスにそれだけの関心を抱いているのか、教えてくれないか？」

「実演してみましょう」マクレーンが答える。「グラスを六個持ってきてください、巡査部長。どこにあるかはわかるでしょう――壁のスライドパネルの裏にビュッフェがありますから」

巡査部長はグラスを見つけ、注意深く手にとった。「次は？」

「テーブルに置いてください」と、マクレーンが告げる。「これが棚にあったグラスで、ここがハドフィールドのオフィスだと思ってください。いいですか？」

「ああ」デイヴィスは答えた。「演劇は好きだからな」

「スプレイグとハドフィールドが撃たれた夜」マクレーンが話し始める。「誰かがグラスの一つを持ち去った。これを前提としていいですね？」

「もちろん。それにもう一つ。ドクセンビーの部屋にはスコッチ入りのグラスがあった――指紋はドクセンビーと――ジェイムズ・スプレイグなる人間のものだった。六年ものあいだ、スプレイグは姿を隠していたんだ」

「それだけじゃありません」アーチャーが言い添える。「部屋の中にスコッチの瓶はなかったんですよ！」

2

ドクセンビー宅の前にパトカーが近づき、ボートが停泊するように歩道のそばで静かに停まった。アーチャー巡査部長のいかつい肩に押されて物見高い不健全な野次馬の群れが道を開き、シュナックとマクレーンの姿に目を見張った。

「フィー、ファイ、フォー、ファム。殺された人間の血が臭うぞ！（『ジャックと豆の木』で巨人が言う台詞「フィー、ファイ、フォー、ファム。人間の血が臭うぞ！」より）」デイヴィスがそう口ずさむうちに、無人エレベータのドアが閉まった。

マクレーンが物憂げに口を開く。「どこからあの野次馬が湧き出てくるのか、不思議に感じることがありますよ。真夜中でさえ事故のまわりに群がるんですからね」

「蝿のようなものですよ」アーチャーが呟く。「下水掘りを見るのが好きなんだ」

マクレーンはそれを聞いていなかった。二人の言葉に生返事をしながら、頭の中で街の反対側を散策していたのである。ドクセンビーの部屋でハドフィールドのグラスが現われたことは、正常な論理に調和しないねじれをもたらした。「どんなことでも結末を考えなければならない《アン・トゥート・ショーズ・イル・フォ・コンシデレ・ラ・ファン》」というフランスの諺がマクレーンを蝕んでいた。

そう、死というものは取り返しのつかない結末だ。しかし、二人の死人の指紋がついたグラスは、やり過ぎだという印象をマクレーンに与えた。文章の最後にピリオドを二つ打ち、その上括弧書きで「文章終わり」と説明するほど不必要なことである。


ドクセンビーのアパートメントのドアには鍵がかけられ、廊下に警官が立っている。室内に入ったマクレーンはすぐさま椅子に座り、再び思考を巡らせた。シュナックが興味深げに辺りを歩き回ったあと、マクレーンのそばに腰を下ろした。

「休憩しに来たんじゃないんだぞ」と、デイヴィスが文句を言う。「シュナックじゃなくてきみが室内を見回ってくれ」

「グラスの件が頭を離れないんですよ、デイヴィス。どこにあったんです？　キッチンですか？　それともこの部屋ですか？」

「キッチンがあるとどうしてわかった？」

「シュナックのおかげですよ——初めての家に入ると、まずはそこに行きますからね」

「口をきける馬の話を知っていますか？」アーチャーが訊いた。

「ああ」デイヴィスが答える。「それに話のできる犬や金魚のことなんかもな。だが、静かにしていられる間抜けの話は聞いたことがない。マクレーン、グラスはキッチンで見つけた」

「ウイスキーが入っていたんですね？」

「そう」

「水で薄めて？」

「そうだ」

「量は？」

「底に半インチほど残っていた」

「ということは、グラスは使われたと考えているんですね？」

「その通り」

「指紋がスプレイグとドクセンビーのものだったのは確かですか？」

「スイカの上に座っている馬の話もありますよ」アーチャーが皮肉げに呟いた。

「指紋係が間違うはずはない」デイヴィスはアーチャーを黙らせてから答えた。

「指紋というのはどのくらい残るものなんでしょう？」

「これらの指紋は六年間残った。それしか知らない」

「それは何かを意味しているんでしょうか？」

デイヴィスはきちんと刈り込んだ髭を親指と人差し指で引っ張った。「きちんと保管されていたんだろう。実を言うと、厳重に包装されていた可能性もある。われわれはグラスのてっぺんと底を小さな正方形の板で挟み、紐で四隅を留め、それから段ボール箱に入れてグラスに何も触れないようにしてある」

「他にもグラスはたくさんあるんでしょうね？」

「ああ、そうだ」

「それがわからないんですよ！」マクレーンの歯切れのよい声が、苛立ちで荒々しくなっている。「六年間もグラスを大切に保管しながら、なぜ突然それで酒を飲み、窓から飛び降りたんでしょう?」

「幽霊が教えてくれるでしょうよ」アーチャー巡査部長がいくぶん陽気な声で言った。「それに、どこから酒を注いだんでしょう？　瓶の痕跡すらなかったんですよ。どこかのバーで酒を注いでもらい、そのまま家に持ち帰ったとしか考えられません」

マクレーンは口笛を吹き、立ち上がってシュナックの首輪に触れた。そして穏やかに進路を命令しながら客間の捜索を始める。アーチャーは警視と視線を交わし、葉巻の端を噛みちぎった。

客間にさしたるものはなかった。テーブル、二つのクッションが置かれた長椅子、一組のランプ、二脚の椅子と一脚の安楽椅子。それらに指を走らせてから寝室に入ったが、そこにもめぼしいものはなかった。快適そうなシングルベッド、たんすの上のブラシ、クローゼットに並ぶ男物の衣服、そして棚に置かれた高価そうな革のスーツケース——裕福な独身男ならではの、なんの変哲もない所有物ばかりだ。

寝室の窓を押し上げ、一番街を走る車の音に耳を澄ませてから再び閉める。客間に戻り、二つある窓の一つで同じことを繰り返す。それからキッチンに向かったが入口で立ち止まり、戻ってきてもう一つの窓も開け閉めした。

デイヴィスはマクレーンに続いてキッチンに入った。

マクレーンは窓の前で足を止め、窓枠からてっぺんへと指を走らせたあと、身を屈めて窓の下に置かれている冷たいラジエーターに手を走らせた。

「ここから転落したんでしょうね」

「われわれが入ったとき、この窓だけが開いていた」デイヴィスはそう言うと陶器のキャビネットにある楊枝入れを見つけ、何本か取り出した。

「バスルームはどこです?」

「廊下を挟んだ右側だ」

「その窓は閉まっていましたか?」

「小さなドアのように開いたり閉じたりするんだ——ハンドルを回して開け閉めするのさ。昨夜はほんの少しだけ開いていた。寒かったからな」

マクレーンとシュナックは廊下を横切った。マクレーンはバスタブの上にある窓を探り当て、金属のハンドルを見つけてそれを回し、窓を一杯に開けた。

「外には何がありますか?」

「細い換気シャフトだ」警視は爪楊枝を使いながら答える。

「外を見てください。そのシャフトはどのくらい下まで伸びていますか?」

デイヴィスはバスタブに上って窓から頭を突き出した。「地上まで伸びている。なぜだ?」そう言って頭を引っ込め、窓を閉じた。

「ウイスキーの瓶がどこに行ったかを突き止めたいんですよ」

「だが、この窓から捨てたわけじゃない」警視はサッシの位置を調節し、一インチ弱だけ開くようにした。「自分の手で探ってみろ。われわれが入ったときにはこうなっていた。写真も撮ってある。半パイントの瓶などここから捨てられないぞ」

マクレーンは窓の隙間に手を走らせた。「ふうむ——無理ですね。誰かが再び閉じたとすれば話は別ですが」

デイヴィスはバスルームから出て行った。やがて、アーチャーに何かを告げるはきはきとした声に続き、窓を開け閉めする音が聞こえた。

マクレーンがキッチンへ戻ると、デイヴィスもそこにいた。「管理人のエイブ・スタットマイヤーを呼びにやった」

「ドクセンビーが転落したこの窓は、ビルの隙間に面していると言いましたね？」マクレーンが尋ねる。

「その通りだ」

「一番近くの避難口はどこです？」

「それが結構遠くてな」そう言って忌々しげに爪楊枝を折り、流しに捨てた。「きみはさっき、われわれが自分の仕事を知っていると、くどくど言ってたな。そしていま、スパイの逃走方法を突き止めようとするディック・トレイシーと同じことを、きみは質問する。ドアを使わずにこの部屋から出入りした者はいない。ドクセンビーが転落したときに誰かいたなら、そいつもあとを追ったに違いない。それ以外の出口はないからな」

「窓の向かいには何がありますか？」マクレーンが冷静に尋ねる。「倉庫ビルの真っ平らな壁だ。屋上はこの窓の七階上にある。スーパーマンの逮捕状でも請求するつもりか？」

「また冗談を。ここの屋上はどうなっているんです？」

「この階に屋上へ通じる落とし戸があって、中から鍵がかかっている。梯子もついているが、昨晩もいまと同じく下りていた。その上、外の廊下には人がいたからな。誰かがドクセンビーを突き落とし、窓から屋上に出たのなら、それはわれわれが鉱山信託基金ビルに閉じ込めている人物と同じだ。しかも、そいつはいまも上にいるか、六階下にある五階建てのアパートメントに飛び降りたことになるんだぞ」

「屋上から下に降りる避難階段があるでしょう」

「ドクセンビーが落下したビルの隙間にな。しかし彼が転落する直前、人がそこにいたんだ——それも複数だ。それに警官だっていたが、誰も下りてはこなかった」

「別の階に潜り込んだという可能性は？」

「すべての出入り口は中から鍵がかかっていた。いまのようにな。まあ、窓から首を突き出すか、あるいは屋上に出て自分の目で見ることができれば、誰もここから屋上に出られなかったことをきみも納得してくれるだろうよ」

「わかりました」マクレーンは答えた。「その通りでしょうね。そうなると、これは自殺になります」

「そんなものじゃ済まない。わたしの面目は丸つぶれだ！」

そのとき、アーチャーが客間から声をかけた。「スタットマイヤーさんをお連れしました！」

マクレーンは穏やかに言った。「わたしに任せてもらえますか？　あなたは以前にも話したでしょう？」

「なんなら犬をけしかけてもかまわないぞ」デイヴィスは真剣な口調で答えた。「わたしにとってはどうでもいい男だ」

スタットマイヤー氏は不機嫌そうにマクレーンを迎えた。「仕事があるんだ。男が窓から転落した。それで？　おれは仕事を失うのか？」

「五分で済みますよ」マクレーンが宥めるように答える。「二、三質問してもかまいませんか？」

「またか」エイブが不満を漏らす。「知っていることはすべて答えたぞ。名前？　エイブ・スタットマイヤー。年齢？　六十三歳。結婚しているか？　まったく、なんとかしてくれ！　職業？　管理人だ。なぜか？　軍が召集してくれないからさ」

「さあ、もういいだろう」アーチャーが割り込む。「うんざりだ」

「ドクセンビー氏が転落したとき、あなたが起きていたかどうかだけ教えてください」

「すべて話したよ」

マクレーンの顎が引き締まる。「お答えくださらなければ、一日中ここにいることになりますよ」

「わかった」エイブが答える。「四階でパーティーがあったんだ。換気シャフトから怒鳴り上げたら、あいつら、酒瓶を投げつけてきやがった」

デイヴィスは巡査部長と視線を交わした。「そんなことを言ってたか？」

「訊かれなかったから言わなかったまでだ」エイブが口を挟む。「それがドクセンビーとどう関係がある？」

「酒瓶がなくなっているんですよ」マクレーンが言い添えた。「この部屋から投げ落としたことは考えられるでしょうか？」

「ここじゃなんでもありさ。バスルームの窓がシャフトの目の前にあるからな」

「酒瓶と言いましたが」マクレーンが続けて尋ねる。「空でしたか？」

「とんでもない！」エイブは声を上げた。「体中にしぶきがかかったよ。上等なウイスキーのようだったな」

「瓶の破片を探したいんですが、あなたの部屋からシャフトに入れますか？」

「ああ。しかし、破片はもうないぞ。海に流されたからな」

「海に？」

「ゴミ収集船に載せられてな。今朝早くにシャフトを掃除したのさ」

「それは残念です」マクレーンは悔やんでも悔やみきれないというように首を振った。「瓶の他に何かありましたか？」

「いいかね。こんな場所の換気シャフトなど、おれ以外の人間にとってはゴミ箱のようなものなんだ。新聞、靴、どこかの引き出し、グラス、包装紙に麻紐――」

「麻紐？」マクレーンが声を上げる。「その麻紐をとってありますか？」

「まさか。おれにとってはどれもゴミだよ」

「ありがとう」マクレーンは礼を述べた。「これで全部です」

スタットマイヤーは立ち去り、ドアを閉めた。

「なぜ麻紐に興味を？」デイヴィスがすぐさま訊いた。

「エリーゼ・スプレイグが、麻紐の束をハドフィールドの机の引き出しから見つけたんですよ」そして、何があったのかを説明した。

アーチャー巡査部長が突然立ち上がった。「子どものころ、階段に紐を張って祖父の首を折りそうになったことがあるんです」

「紐を張る訓練をしたことがありますか？」

「なんのために？」と、疑わしげに訊き返す。

「窓を開け閉めするためですよ」

3

ダンカン・マクレーン大尉にとってこの宇宙は、整然と並ぶ幾何学的な図形で構成されていた。ある種の法則がすべての平面と立体とを支配している。障害に満ちあふれた世界で、視覚の助けを得ることなく自らの道を切り開いてきた年月は、マクレーンを無意識のうちに、数字こそが至上の概念であると信じた古代のピタゴラス学派の一員にしていたのである。

七十二番街とリヴァーサイド・ドライブが交差し、車が絶えず行き交う地上のはるか頭上、二十六階にあるマクレーンのペントハウスでは、すべての家具が床に固定されていた。パターンが変わることはなく、進路を妨げる障壁もないと確信しているので、彼は室内を素早く楽々と歩くことができた。

戸外においては、幾何学がマクレーンの動作を支配している。養成所で徹底的に訓練を受け、並外れて鋭い判断力を持つシュナックは、こちらに向かう車を確かめ、歩道を歩く飼い主を守り、さらには脇道に張り出した背の低い天幕に頭をぶつけないよう、それを避けて導いてくれる。しかし飼い主がどこに行きたいのかまではわからないし、マクレーンも車と運転手に頼り切るのは拒否していた。

マクレーンは色彩がなくそれでいて明瞭な存在空間を徐々に作り上げたが、それは平面や立体、それに音響から成る現実の空間だった。嗅覚は古代人にとって生命を左右するものだったが、いまでは現代文明の空虚な存在に堕落した。しかし、ダンカン・マクレーンにとっては人生における色彩である。そして数字は彼にとっての道しるべであり、歩数であり、椅子やテーブルの個数であり、ドアの数であり、また上り下りする階段の段数だった。

頭の中に記憶され、常に活用されている角度や曲線は、マクレーンにとっての高速道路あるいは近道である。彼は驚くほど正確に音で射撃することができた――落下するコーヒー缶の音を、引き金をひく指の動きに変換するという、七年間におよぶ訓練の賜物だ。さらに、ライターに火を点ければ指先で灯る火の熱さを捉え、片方の腕を身体に密着させて筋肉を一定の角度だけ動かすことで、躊躇うことなく煙草の端に火を近づけられる。

ダンカン・マクレーンにとって、人生は一枚の地図である。それは正確に調査された図表であり、災難を避けるには記された道のりを丹念に辿ればよい。ある場所に町や踏切、あるいは河川が記されていれば、それらはそこに存在している。地図に間違いなどあろうはずがない。しかしいまのダンカン・マクレーンは、道しるべのない回り道に迷った旅人だった。

土曜日の昼下がり。机の後ろに座ってジュリア・ハドフィールドの到着を待ちながら、マクレーンはゲームに夢中になっていた。手彫りのチェスセットから選び出した三つの駒――ビショップ、ナイト、それにクイーン――と、先ほどアーチャーがキャビネットから持ってきた三つのグラスが置かれている。

マクレーンは推理の流れを逆に辿り、回り道を避けるべくもう一度頭の中で組み立てた。回り道は三件の自殺につながっている――ビショップのジェイムズ・スプレイグ、ナイトのブレイク・ハドフィールド、そして駒のほうが立派すぎるかもしれないが、クイーンのT・アレン・ドクセンビー。

マクレーンは吸取器をブレイク・ハドフィールドのオフィスに見立て、ナイト（ハドフィールド）とビショップ（スプレイグ）をそこで面会させたが、そのときレナがジュリア・ハドフィールドとフイリップ・コートニーの到着を告げた。

弁護士まで来るとは思わなかったが、その驚きは、「入れてくれ」と告げる際、唇に一瞬浮かんだ皺にだけ現われた。

ジュリア・ハドフィールドの挨拶はいくぶん熱心に過ぎ、弁護士のそれはややもすると暖かすぎた。ジュリアの大げさな挨拶は内心の憂鬱のためだろうが、弁護士の誠意は分類し難い。しかし前回会って以来、何かが弁護士の態度を変えたことは強く感じられた。

「知りませんでしたよ、あなたがチェスファンだったなんて」座りながらコートニーが口を開く。「わたしも好きですので、いつかお相手したいですな。何かの問題に取り組んでいたのですか?」

「ええ、生きた問題にね」そう言って頭を上げ、ジュリアのほうを向く。「ミセス・ハドフィールド。あなたはこれまで様々な試練に耐えてきましたが、息子さんの将来の幸せを確かなものにするため、もう少し耐えていただけますか?」

「はい」答えながら、ハンドバッグの留め金を開け閉めする。「ですが、いまはそれだけじゃないんです。わたし自身の幸福も危険に晒されているんですよ。昨夜自宅の窓から転落死した弁護士に、フィルも関わっているんです。ここにお邪魔したのはそのためですの」

「どのように関わっているんですか、ミスター・コートニー?」マクレーンの右手の指が吸取器の上を動き、静かなリズムを刻みはじめた。

「このドクセンビーという男は、脅迫する目的で昨夜わたしのオフィスに現われたんですよ。大尉——」コートニーはドクセンビーの要求を語った。口調こそ落ち着いているが、顔は怒りでどす黒くなっている。どんな細かいことも包み隠すことなく、法律家の正確さと、タイルを並べるかのような緻密さををもって、一語一語を聞き手の頭に染み込ませた。

「あなたは、ハドフィールドがあなたに代わってスプレイグの会社へ投資したことを知らなかった。そう理解してよろしいですね？」コートニーの話を聞き終えたマクレーンが尋ねた。

「ええ、その通りです」唇を濡らすかすかな音がする。

「ブレイク・ハドフィールドがあなたに知らせずそうしたのはなぜか、何か思い当たりますか？」

「この人を破滅させるためよ」ジュリアの言葉にはなんの感情もなく、冷ややかだった。「ブレイクは邪悪なことを考え出す名人なんです。あの人は、いずれ破綻するスプレイグの会社に投資することが、破滅を意味すると知っていたんだわ」

マクレーンが尋ねる「それなら、ハドフィールド氏自身も破滅するはずでは？」

「彼は生きているあいだ、それを否定できるからですよ」フィル・コートニーが説明する。「スプレイグに個人的に金を貸したのは事実だが、そこからなんら利益は得ていないと言えばいいんですからね。あの金は決して、破産した会社の負債を彼とわたしに背負わせる投資ではない、そう主張するんです」

「ならば、あなたもご自分の潔白を説明すればよろしいんじゃないですか？」

「スプレイグもハドフィールドも死んだいま、誰もそんなことは信じないでしょう」コートニーが答える。「あなたもね」

「そうすると、T・アレン・ドクセンビーが死んだのは、あなたにとって幸いだったようですね。他にこのことを知る人物は？」

「わたしの知る限り、ジュリアとあなただけです」

マクレーンの指が落ち着かなげに動くのをやめた。「誰かを破滅させるには、残酷なまでに賢いやり方ですね。ブレイク・ハドフィールドはあなたを憎んでいたに違いない」

「わたしを憎んでいたのよ」ジュリアが言った。「彼の人生に対する見方や、わたしが素敵だと考える人や物を常にこき下ろしたことが、わたしには我慢できなかった。だからあの人は、ひどく悪意を抱くようになったの。フィルのおかげで破産後の刑務所行きを避けられたのに、あの人はフィルを悪人だと考えていた。フィルがわたしに愛情を抱いているのを知っていたからよ。墓の中でもわたしたち二人をあざ笑えるよう、こんなことを考え出すなんて、いかにもブレイクらしいわ」

「警察にはこのことを話しましたか?」マクレーンは訊いた。

「いいや」片手で煙草に火を点けようとするが、どうしても手間取ってしまって苛立ちが露わになる。

「ジュリアのアドバイスに従って、ここへ直行したんですよ。警察に話すべきでしょうか?」

「まずはわたしに話して下さい。ドクセンビーがオフィスを出たあと、あなたはどうしましたか?」

「引き出しから銃を取り出して、三角巾に隠しました。左手は使えませんが、指は自由なのでね」

「銃を持っているとなると、誰かを殺す意図があると受け取られるものですが」マクレーンは言った。

「あなたもそうするおつもりだったんですか?」

「ええ」コートニーが答える。「わたしの命を奪おうとしたのなら」

「危険を感じていらしたと?」

「不安だった、と言っておきましょう。あの男はごく静かにオフィスへ忍び込んできた。ハドフィールドは数日前に残酷な死を遂げたが、その理由は誰にもわからない。例えばスプレイグのように怒りで気を狂わせた預金者が野放しになっていたとしましょう。ハドフィールドを刑務所行きから救ったのはわたしなんだから、彼を殺した人間がわたしに注意を向けても当然ではないですか？」

「スプレイグは死んでいるんですよ」と、マクレーンが指摘する。

「ええ、もちろん」コートニーはあわてて同意した。

マクレーンは回転椅子に背をもたせて続けた。「どうして彼の名前がいま出たのか、それが不思議なんですが」

「特に理由はありません。頭に浮かんだだけですよ」

「妙ですね」と言って、マクレーンは唇を閉じて考えた。「いまからたった数時間前、ジェームズ・スプレイグの名前を蘇らせる、ある鮮明な出来事が起きたんですよ」

「と言うと？」コートニーは恐る恐る訊いた。

「ドクセンビーのアパートメントからグラスが見つかったんです」マクレーンは思い出すように続けた。「そこにドクセンビーとジェームズ・スプレイグの指紋がありましてね。六年前に死んだ男の指紋がですよ。警察にもわたしにも、どういうことかさっぱりわかりません」

「有り得ないわ」ジュリアが囁く。

「もちろん、何かの間違いでしょう？」コートニーが同じく低い声で言い添えた。

「警察はそう考えていません」マクレーンが続ける。「どういうことか、お二人のどちらかがご存知なんじゃないですか？　可能性のある説明は一つしかありませんが、あなたが話して下さったおかげでそれを思いついたんです」

「可能性？」コートニーが繰り返す。「ですが、それは——」

「ドクセンビーは、スプレイグが殺害された夜に、あのグラスをハドフィールドのオフィスから持ち去ったに違いありません。誰かがグラスを持ち去り、発見されたのはそのセットの一つだった。ミスター・コートニー、六年前、ハドフィールドとスプレイグとのあいだで交わされた会話を、ドクセンビーが立ち聞きしていたという可能性はありませんか？　ドクセンビーはどこかで情報を摑んだ。またあなたがおっしゃった事実から、ハドフィールドがあなたの金を投資したと知る者は、ハドフィールド自身とスプレイグ以外にはいなかった」

「ドクセンビーは、それを利用するのに六年間も待ったわけですの？」ジュリアが疑問の声を上げる。

マクレーンは笑みを浮かべて答えた。「ミスター・コートニーがおっしゃっていたでしょう。ご主人が生きているあいだは、その情報に価値はないと」

「いいですか」コートニーの声は鋭かった。「ドクセンビーは昨夜、ハドフィールドが自分の依頼人であると言っていました。そんなことが有り得るでしょうか？　あの夜、ドクセンビーも二人ともにハドフィールドのオフィスにいたとしましょう。スプレイグが飲み物を用意したかもしれません。当然ドクセンビーはそのグラスを手にとり、指紋を残したわけです」

「なぜ洗ってそのまま置きっぱなしにしなかったんでしょう？」

「時間がなかったんですよ」コートニーはずばり指摘した。「まったく――あいつが犯人だったのか？」

「あるいは、真犯人を見たのかもしれません」そう言って姿勢を正しながら、椅子のバネに油を差さなきゃな、と考えた。

「どういうことです、マクレーン大尉？」

「わたしのことだよ、ジュリア」コートニーのその一言は、陪審の前で宣言するような思慮深い慎重さに満ちていた。「わたしを破滅させ得る三人の男が死んだ。月曜日の夜、ブレイクはわたしに電話をかけてきたが、怪我のために行けなかった。それに昨夜のアリバイはない。ドクセンビーが立ち去ったあと真っ直ぐ帰宅したのでね。警察がそれを知れば――」

「フィル、ばかなこと言わないで」ジュリアが鋭く遮る。

マクレーンはクイーンをつまみ上げ、指のあいだでもてあそんだ。「ブレイク・ハドフィールドが転落した時間、あなたはタクシーでセント・ヴィンセント病院から帰宅する最中だった。どうやらニューヨーク市警を過小評価してますね、ミスター・コートニー。驚きですよ――あなただって弁護士の一人なのに」

「ドクセンビーの訪問を警察が知ったら、わたしが三人を殺した犯人だと確信するでしょう」

「何も確信することなんてありませんよ」ダンカン・マクレーンは言った。「あなたが説明なさらない限りね！」

4

マクレーンは吸取器に載せた三つのチェスの駒を撫で、三角形に並べたあと、今度は一直線に並べ直した。

「ミスター・コートニー。わたしは包み隠さず申し上げるつもりです。あなたとハドフィールド夫人がお知りになる権利があると信じる、ある事実をわたしは摑んでいます」

相手の率直さを疑いの目で見るのは、コートニーの習い性となっていた。ジュリアの唇に指を近づけ、訊き返す。「それは？」

「この三人の死における、おそらく最も奇妙な要素は」――そう言いながら、マクレーンはほんの少しだけ手を動かし、チェスの駒を指差した――「関係者の率直さと、沈黙の欠如なんです」

「フィルもセスも、何も隠し立てすることなんてありませんもの」

「ええ、その通り。しかし、ミセス・ハドフィールド、馬鹿げたことかもしれませんが、警察は嘘偽りを暴こうと躍起になるものです」そう言って静かに舌打ちする。「自分たちの知りたいことをなんの苦労もせずに聞けるなど、彼らにとっては極めて驚くべきことなんですよ。残念ながら、それはわたしも同じです」

今度はコートニーに注意を向けて続ける。「相手方の目撃者を罠にはめようとあれこれ努力して、結局その目撃者があなたの有利になる証言を行なったという経験はありますか？」

「ええ」コートニーは答えた。「目撃者のほうが自分より頭がいいのではと不安になりますよ」

「そこなんです！」マクレーンが声を上げる。「どうかお二人に助けてほしい」そう言って象牙のビショップをつまみ上げ、高々と掲げて二人に見せた。「これはジェームズ・スプレイグです。ナイトはブレイク・ハドフィールドで、吸取器はハドフィールドのオフィス。時間は六年前のある夜です」

「クイーンは？」コートニーが尋ねる。

「殺人犯――性別も身元も不明です。あなたがたのどちらかかもしれません」

「結局――」コートニーが言いかけた。

そのとき、レナ・サヴェージがドアを開けて中の様子を見、再び静かに閉めた。

「印象が大事なんですよ」と、マクレーンが説明する。「殺人者の行動について、三人とも同じ結論に至るかを知りたいんです。まずはわたしの考えをお話しします。それが終わったら、お二人のご意見をお聞かせください」

マクレーンはビショップとナイトを近づけて置き、七宝焼きの煙草入れに真っ直ぐ手を伸ばして二つの駒の横に置いた。「二人の犠牲者が話し合っています。ハドフィールドの言葉によれば、話題はスプレイグの会社の経営について」

マクレーンは次にクイーンをつまみ上げ、煙草入れの後ろにある吸取器の端に置いた。「殺人犯は、ハドフィールドの背後にある玄関ホールに立っていると仮定しましょう。そこで会話を立ち聞きしていたのです。だがそれは、なんらかの理由で自分に危険を及ぼすものになった。そこで、さらに会話が進む前に、二人を排除しようと決意する」

「なぜ二人ともなの?」ジュリアは思わず声を上げた。

「一人を殺し、もう一人を生き残らせるなんてできないからですよ。指紋を残さないよう注意を払い、玄関ホールにあるテーブルの引き出しからブレイクの銃を取り出す。スプレイグがハドフィールドから離れ、化粧室に行くためカーテンをくぐったとき、犯人は銃を手にしていた。それは警察の記録にも書かれていると思います」

コートニーが頷いた。「あとでわたしも見ましたよ」

マクレーンはビショップを吸取器の端へ動かし、クイーンと対面させた。「ハドフィールドによれば、スプレイグがカーテンをくぐったところ、怒りに満ちた大声を聞いたとのことです。ハドフィールドは尋ねた『ジム、どうした?』と。そして、それ以上は憶えていない」

マクレーンの両手がさっと動き、ビショップとクイーンを摑む。「スプレイグの大声は恐怖からだったと思います。カーテンをくぐると、銃口が目の前にあった」

次いでクイーンをビショップの後ろに置く。「殺人犯はスプレイグを振り向かせ、背中に銃口を押しつけながらオフィスに押し戻す。それからスプレイグの脇を通り抜け、ブレイク・ハドフィールドの頭を撃った。恐怖で口のきけなくなったスプレイグは、銃口が再び自分のほうを向くのを見る。殺人犯は彼を机から数歩離し――そこに遺体があったのです――、額に銃口を向けて引金をひいた。そしてスプレイグの手に銃を握らせる――」

「それから？」コートニーは椅子の中で身を乗り出していた。

「それから」恍惚にも似た口調で先を続ける。「殺人犯は逃げ出す代わりに、一瞬周囲を見渡した。何かピンと来ることはありますか？」

「ええ」コートニーが答えた。「警備員であるダン・オヘアの居場所と、彼が銃声を聞いてからオフィスに上がってくるまで、どれくらいかかるか知っていたに違いありません」

「その通り！」マクレーンは満足げに頷いた。「殺人者は室内を見回し、ウイスキーの入った三つ目のグラスを見つけました。二人を撃ち、それぞれ射殺と自殺に見せかけようとしているのなら、三つ目のグラスはどうしても不都合です。想像力に欠ける警察でも、第三の人物がそこにいたとすぐに結論づけるでしょう――オフィスにグラスが二つしかなければ、そんなことは決して頭に浮かびません」

「この殺人者はブレイクそれにジム・スプレイグと酒を飲んでいたけれど、指紋がついてしまったのでグラスを持ち出した、ということは考えられませんか？」

マクレーンの両方の眉が吊り上がった。「ミセス・ハドフィールド、それはもっともな考えですが、なぜそうでないのかご説明しましょう。ご主人はこの事件から六年間も生き延びたが、その間他の誰かがいたことを決して口にしなかった。スプレイグが殺されたのなら、殺人犯にとって危険であろう情報をご主人に伝えることなく息を引き取ったんです。ハドフィールド氏は警察に隠し事をしなかった。殺人犯も酒を飲み、一度オフィスを出てまた戻ってきたとなれば、ブレイク・ハドフィールドはそれについて話していたに違いないんです。そう思いませんか?」

「そうね」ジュリアは答えた。「そう思います」

マクレーンは机の上にある三つのグラスへ手を伸ばし、それらを一列に並べた。「飲み物を用意したのはスプレイグだった」と、出し抜けに話しだす。「それは事実です。三つのグラスすべてに彼の指紋がついていましたからね。二つはオフィスで、あとの一つはドクセンビーのアパートメントで昨夜見つかりました。ブレイク・ハドフィールドとスプレイグの使ったグラスはオフィスで一緒に、ドクセンビーのグラスはたった一つアパートメントで見つかったんですよ」

「清掃係の女はどうです?」コートニーが訊いた。

「警察はそれも確かめました。ハドフィールドのオフィスを掃除している女性はまことに几帳面でしてね。毎晩グラスを洗ったあと、布にくるんで運び、棚に戻すんです。そうすれば指紋が残らないですからね。殺人犯に話を戻すと」さらに続ける。「彼はグラスを持ち去ったが、発見された場所から判断して、それはスプレイグあるいはハドフィールドが使ったものではなかった。銃声を聞きつけたオヘアがオフィスにやって来るあいだ、殺人犯は階段を駆け下りた。そして帰宅すると、自分が持ち帰ったグラスの意味を悟った」

「オフィスで飲んでいた第三の人間を見た、というのは考えられませんか」

「第三の人間が飲んでいたことは有り得ません」マクレーンは言い切った。「スプレイグの指紋が残っていたんです。第三の人間の指紋だって残っていたはずでしょう」

「ドクセンビーがその人物でなければね」

「自分の指紋が残るグラスを保管することに、どういう意味があるんでしょうか？」マクレーンが尋ねる。「電気椅子送りになるのは間違いないでしょうに」

コートニーもまったく困惑して、「その通りですね」とだけ答えた。

「そうすると、殺人犯がグラスを持ち出したと認めなければなりません。第三の人物がそこにいたと警察に思われたくないため、そうしたのです。彼がそれを手許に置いたのは、その第三の人物が誰かわからなかったからで、いずれ名乗り出てくるかどうかを確かめようとした。が、結局現われなかったので、グラスはそのまま手許に置いた。いつの日か、その人物の正体を知るときが来る。そうなれば、身を守る脅迫の手段としてグラスを使える」

「でも、どうしてその第三の人物はお酒を飲まなかったんでしょう？」ジュリアが尋ねる。

「たぶん飲みたくなかったんでしょうね」マクレーンは笑みを浮かべて答えた。「人というものは、訪問客が訪れると自動的に酒を用意するものなんです。もちろん別の可能性もありますよ。二杯目を飲むために、スプレイグが新しいグラスを取り出したとか。でもそうは思えませんね。オフィスで飲み物を用意するのは結構大変ですから。水は廊下にある化粧室から汲んでこなければならない。さあ、ご意見をどうぞ」

「わかりました」コートニーが即座に話しだす。「わたしから始めましょう。ハドフィールドのオフィスでスプレイグとハドフィールドが話していると、殺人犯ではない正体不明の第三の人物が入ってきた、と信じていらっしゃるのですね?」

「ええ」マクレーンが頷く。

「スプレイグはこの訪問客のために飲み物を用意したが、彼はグラスに触れなかった」

「そうです」

「ちょっと考えてみたいのですが」コートニーが言った。「紙と鉛筆をお持ちですか?」

マクレーンは引き出しから筆記具を取り出した。コートニーがメモ帳を膝に置き、何かを書き記す。鉛筆の走る音にしばらく耳を傾けていたが、やがてジュリアのほうを向いた。

「まことに残酷なことですが」同情のこもった暖かい声だ。「ご主人が転落するのを目撃した、あの恐ろしい瞬間に話を戻したいのです」

「やってみますわ」ようやく聞きとれるほどの低い声だった。

「転落の瞬間、他に何かを聞きましたか?」

ジュリアは一瞬記憶の奥を探った。「上のほうでエレベータのドアが閉まり、かごが下りてきました」

「その前でも結構なんですが、ガラスの割れる音がしませんでしたか?」

「わたし、パニックになっていて。残念ですけどわかりませんわ」そう言ってコートニーを見つめ、深く息を吸い込む。「なんだか幻想を見ていたみたいで――」

マクレーンはクイーンを握る手の力を緩め、机の端を摑まえた。「ご主人の転落についてですか?」

「あの人が頭上から落ちてくるのを見たのは確かです」ジュリアは毅然として続けた。「だけど、かごが故障して空になったエレベータシャフトを、あの人が転落する幻覚を見たんですよ――恐怖のためでしょうね」

コートニーがメモ帳から目を上げて言った。「前にそれを話してくれましてね。忘れるように言ったんです。もう十分ショックを受けたんですから。もう少し質問してよろしいですか?」

マクレーンは頷いた。そしてほんの一瞬、心を奪われたかのように板張りの壁を見つめる。

コートニーはメモを見ながら尋ねた。「あなたの説にはいくつもの疑問点があります。まずは状況を考えてみましょう。スプレイグが訪問客のために飲み物を用意した――ふうむ! ハドフィールドもこの訪問客を見、話をしたことは認めるでしょうね?」

「ええ」

「ハドフィールドがそれについて言及しなかったのはなぜでしょう?」

「忘れていたんですよ」マクレーンは答えた。

コートニーが茶色の目を細める。「警備員は客の来訪を知っていた、それはお認めになりますか?」

「ええ」

「警察の捜査において、警備員がそれに触れなかったのはなぜでしょう?」

「忘れていたんですよ」と、さっきの答えを繰り返す。

「一度なら有り得るでしょうが、二度ともなるとそうはいきませんよ」

「オフィスに立ち寄り、スプレイグおよびハドフィールドと何気なく会話を交わしながら、酒を飲まなかった訪問客はダン・オヘアですよ」マクレーンは答えた。

第6章

1

どこかへ当てはまるに違いない。

コートニーとジュリア・ハドフィールドがオフィスをあとにして一時間が経っていた。マクレーンはさっきと同じく机を前に座っていたが、チェスの駒はジグソーパズルのピースに取って代わられている。周囲はすでに完成していて、マクレーンの勤勉なる指の神経によって、調和のとれた枠組みが出来上がっていた。

パズルの中心部には、不規則な形の隙間があいている。マクレーンはその複雑な曲線を二十回ほど指先で辿り、外科医が痛みを与えるのを避けつつ傷口を触診するのと同じ、羽毛のような軽さで輪郭に触れた。

左手にはパズルのピースが握られている。ときおりどこかへはめようとするが、結局できなかった。ジグソーパズルと人間の問題とのあいだには決定的な類似がある。二つのピースを無作為に取り上げて輪郭を辿る。しかし結局は、統一されたパターンの一部を形作ることさえ不可能だ。だが何個ものピースを組み合わせれば、それぞれのピースと全体との結びつきはますます単純になってゆく。

何年もかけて、こうしたパズルを手触りで完成させられるようになったことは、指の働きと脳の機能とのあいだに存在する強力な結びつきをマクレーンに教えた。思考が澄んでいる限りパズルは容易に形をなす。けれど、強制されたり曇ったりすれば、指先は直ちに反応を止めるだろう。全知全能を振り絞って集中するあまり、なかば完成したパズルをバラバラにし、再び一から組み立て直すこともよくあった。

いま机の上にあるパズルも同じ運命を辿ろうとしていた。がそのとき、オフィスのドアが開閉した。マクレーンは歩数をかぞえ、誰かが長椅子に座る革の軋む音を聞いた。マクレーンは右手を握りしめ、次いでゆっくりと開いただけで、あとは身動き一つしなかった。

「トリックだな」額に皺を寄せながらマクレーンは言った。「ワシントンではそんなことしか教わらなかったのか？　煙草を吸ってハイボールでも作ったらどうだ、スパッド——そして、どうしてこれほど時間をとられたのか教えてくれ」

「くそっ、まったく！」スパッド・サヴェージは大股で四歩歩き、マクレーンの机に近づいた。力強く大尉の手を握りながら、一瞬黙り込む。「きみはペテン師だな。ぼくが来ることをレナから聞いたか、いつの間にか目が見えるようになったんだろう」

「それよりはましだよ」マクレーンが言い放つ。「何年も前からそう言ってるじゃないか」そう言ってスパッドの幅の広い肩に手を置き、金の記章に触れ、嬉しげに笑みを浮かべて腰を下ろした。「サヴェージ少佐か！」仰天したかのように首を振る。「陸軍情報局はどうかしたんだろうか？」

「紛れもない純粋な昇進だよ」スパッドが謙遜して答える。「陸軍の期待の星がここに来ると、どうしてわかった？　ぼくがオフィスへ入った瞬間にわかるとレナが言うものだから——間抜けなことに、彼女が間違っているほうに今夜のディナーを賭けたんだ。ここに入るとき、歩き方を変えて息も潜めてみたんだがね」

「親友だって、きみとは気づかないだろうな！」マクレーンは鼻高々だ。

「いい加減にしてくれよ」スパッドが文句を言う。「レナから聞いたんだろう。そうでなければ、なぜそんなに時間がかかったかなんて訊かないはずだ」

「無意識のうちにそう言っていたんだよ」マクレーンは認めた。「二人の客がオフィスを訪れているのに、彼女のような完璧な秘書がドアから頭を出して、しかもそんなことをするのがこの十年間で初めてだとすれば、どう考えるべきか？　さまよい歩いている亭主のご帰還だろう。そして、わたしは正しかった。それだけだよ」

「まだあるだろう」スパッドはビュッフェに行って壁の隠し戸を開けた。「話してくれよ。ささやかな俸給で悪いがワインとディナーをおごるから」

「きみは廊下から入ってくるとき、ドアの外にある敷物の位置を直そうと、一瞬立ち止まる癖があるからね」マクレーンの眉が楽しそうにぴくぴく動いている。「休暇はどれくらいなんだ？」

「四十八時間だよ。明日の夜には戻らなければならない」そう言ってマクレーンの飲み物を机に置き、中心部が未完成のパズルを見た。「ラ・ガーディア行きの飛行機へ乗り込む、太っちょのアロイシウス・アーチャーとばったり出くわしてね。わたしがこの街にいるあいだに、さらに別の人間が転落死するのを目撃することになるだろうか？」

　マクレーンは酒の味を確かめ、椅子の中でくつろいだ。「ここにいてくれると助かるんだがね。追い込まれているのさ」

「追い込まれている?」スパッドは机に近いほうの椅子へ座り、再びパズルに目を向けた。「アーチャーが話した戯言に、きみも同意しているんじゃなかろうな? ワシントンの新聞を読む限り、ハドフィールドは自殺した。それに、このドクセンビーという男は——まあ、明々白々だろう。これがわたしの得た印象だ」

「きみが得ようとしている印象、だろう」ダンカン・マクレーンは訂正した。

「それで、きみは何を得た?」スパッドはグラスの氷をかき回してから、一気に飲み干した。

「なんの印象もないよ、スパッド」そう言って未完成のパズルを指差す。「わたしにあるのは美しい枠組みだけだ。興味があるなら、きみもこのゲームに参加させてあげよう」

「いいだろう」スパッドは答えた。「〝謹聴〟というのがぼくの別名でね」そして椅子に背をもたせて脚を組み、黄色の瞳をマクレーンの指に向け、パズルをバラバラにする様を見つめた。

マクレーンは十五分にわたって、妨げられることなく話した。ピースの一つ一つを元の場所に戻し、別のピースとつなぎ合わせる。ハイボールを飲み干したとき、パズルの枠組みは再び組み上がっていた。

「さて、どう思う?」妥協を許さぬかのように唇を引き締め、マクレーンは訊いた。

スパッドはハイボールを作り直した。「きみが関わり合いになった六年前の殺人事件、なんだか面白そうだな」と、椅子に座りながら答える。「しかし、何を言っているのかはわかったよ。タクシーに乗って車を飛ばしている途中、道にいくつも穴が開いている、というところか」

「気分を変えるためにも、誰かにそれを指摘してほしいんだ。そうすれば、なんらかの説明がつくかもしれないからね」

「動機だよ、動機」スパッドは言った。「スプレイグは殺されたのだと主張するならね」

マクレーンは頷いた。

「彼は破産した。それに詐欺罪と、顧客の資金を悪用したという容疑をかけられている。娘には何も残していない。動機がなんらかの利益を得ることであれば、彼を殺害してもどうにもならない。また復讐というのも考えられないな」

「わたしもそう思う」マクレーンが同意する。「だからこそ、スプレイグがハドフィールドを撃ったとは考えられないし、スプレイグは口封じのために殺されたと確信できるんだ。ハドフィールドがそもそもの狙いだったなら、もっと早くに殺されていたはずだ」

「わかるよ」スパッドは目元を指でつまみ、考えながら続けた。「たとえ証明はできないとしても。事実、証明することはできない。有罪と証明されるまではいかなる人間も無実だ。被害者が窓あるいはバルコニーから転落したときの容疑者のアリバイを証明できるなら、陪審に有罪を納得させることは無理だろう」

「きみはどうやら、わたしの説の穴をこれ以上ないほど広げているね」マクレーンが反論する。「だとしても、こうしたことが可能だと認めてくれて嬉しいよ」

「ぼくは何も認めていないよ。ぼくが今夜は一晩中ここにいるとしても、過剰な期待は抱かないことだ。きみを困惑させるであろう点をいくつも突いてみせるからな。まず、警備員のオヘアがオフィスに立ち寄ったものの、酒を飲まなかったことは認めよう」

「それは確かめるつもりだ」

「結構」スパッドは賛意を示した。「だが、ぼくの判断を風見鶏のようにくるくる回すのはここなんだよ。きみとデイヴィスが追いかけているお化けのフーディーニ（アメリカの有名な奇術師）は、ブレイク・ハドフィールドが自ら撃たれることになった夜、そして手すりから転落するのに選んだ夜をどうやって突き止めたんだろう?」

大尉はパズルのピースを持つ手を空中で止めた。「もう一度言ってくれ!」

「ハドフィールドとスプレイグは秘密裡に会った。ハドフィールドがもう何年も訪れていないオフィスで」

「スプレイグと話し合いたい件があったんだよ」

「理由はどうでもいいんだ」スパッドは言った。「その特定の夜に、ハドフィールドがそこにいたことを犯人はどうやって知ったのか。そして六年後、ハドフィールドが再びそこを訪れることを犯人はどうやって突き止めたのか?　この六年間、毎晩あとをつけ回していたわけでもなかろうに」

マクレーンは電話機を引き寄せ、ある番号を回した。つながった相手に彼は訊いた。「ダン・オヘアですか?」

受話器の向こうから声が聞こえる。

「気にしないでください」そう言って、マクレーンは受話器を置いた。「今週は休みらしい」とスパッドに告げる。「明日の夜に戻るそうだ」

スパッドは黄色の目を細めた。「殺人犯はオヘアからこの情報を聞いたに違いない」

「ハドフィールドから聞いたのでなければな」マクレーンが続ける。「あの夜、ハドフィールドは弁護士のコートニーに電話をかけ、妻と警察にも電話している。コートニーは腕を捻挫してしまい、そこには行けなかったが」

「話を逸らさないでくれよ」と、咳き込みながら注意する。「まだ疑問は残っているんだからね。グラスがドクセンビーのアパートメントにあったのはなぜか？　殺人犯が遠隔操作で犠牲者を転落死させる方法を編み出したのなら、誰かがそこにいたと警察に考えさせるようなヘマをしでかすはずはないだろう」

「なんということだ！」マクレーンは呻いた。「どうしてそれがわたしの人生に再び入り込んでくるんだろう？　あのグラスは、スプレイグが殺され、ハドフィールドの視覚が奪われた夜、ドクセンビーもそこにいたことを証明するものだった。そして六年後、彼はこのおぞましい記念の品を取り出し、それで酒を飲んだ。

その後すぐに、ドクセンビーは自殺を決断した。おそらく、自分にトラブルをもたらすであろう唯一の人物であるハドフィールドが死に、永久に姿を消したからだ」そこで意味ありげに間を置く。「そこで、彼は何をしたか？　ほとんど中身の減っていないスコッチの瓶を浴室の窓から投げ落とし、地下に住む管理人のエイブ・スタットマイヤーを道連れにするところだった。これに驚いたドクセンビーはバスルームの窓を閉じ、キッチンに行って別の窓を上げ、ブロック中に響き渡る歓喜の叫び声を上げながら窓枠を乗り越え、十一階下の地面めがけて自分の人生を終わらせた。きみはどう思う？」

「自殺か」煙草に火を点け、煙を吸い込みながら答える。「ハドフィールドの死と同じだ」

「わたしの話が終われば、その結論を鵜呑みにすることはできないぞ」マクレーンの顔には邪悪なまでの笑みが浮かんでいた。「きみが脳味噌と呼ぶ、かのつまらない物体を悩ませているのは他になんだい？」

「鉱山信託基金ビルの入口が開いていたことだよ」スパッドはそう言って息を吐いた。「ハドフィールド夫人が入ったとき、なぜ鍵がかかっていなかったのか？」

「不毛な頭脳に明白な思考を植えつけるためさ」マクレーンが答える。「明白なことにしがみつくきみのような人物に、ドアというものはしばしば開けっ放しになっていて、鍵がなくてもビルに入れるのは珍しくないということを信じさせるためだ」

「ふうむ」スパッドは低く呻いた。「もちろん確かめたんだろうね」

「ああ」マクレーンは辛辣な口調で言った。「コートニー、ハドフィールド、ベントレー、ローソン、エリーゼ・スプレイグ、そして三十人ほどの会計士以外に、鍵を持っている人物はおそらくいない」

そう言って受話器に手を伸ばした。

「どうするんです？」

「友人をディナーに誘うんだ。ミス・サイベラ・フォード。一緒に食事をしよう」

「まったく！」スパッドは感情のこもった声を上げた。「わたしが街を離れているときは必ずそうだ。わたしの気づかないうちに、きみは女性を拾っている。バルコニーや窓やテラスには近づかないことだね」

「十分気をつけているよ」ダンカン・マクレーンはそう答えた。

2

机を立ち、なおも話し続ける相手をなかば強制的に入口まで送ることで、ハロルド・ローソンはお喋りな訪問客を追い返すことにようやく成功した。時刻は一時近く。午後の仕事がまだ残っていて、五時にはクラブでスカッシュの約束がある。外の灰色の天気は、保険局のオフィスを不快なほど陰気にしていた。まだ昼食すらとっていないが、土曜日というのはなぜかいつも長い一日になるのだった。

秘書が入ってきて、何通かの手紙を机の右隅に置いた。

「あと三通ありますが、午後のうちに片づけておきましょうか?」

ローソンは数秒ほど窓外の景色を見て考えた。「面倒でなければそうしてほしい、ミス・シュライヴァー。週末のためにすべて片づけておこう」そう言って理解のある笑みを浮かべた。摩擦を引き起こすことなく他人をこき使うにあたり、ハロルド・ローソンほど能力のある人間はほとんどいなかった。

ミス・シュライヴァーはタイプライターに戻り、機関銃の勢いでキーを叩きだした。ローソンは打ち終わった手紙に署名をし、「処理済み」の箱の中に入れる。そしてその合間に午後の新聞へ目を通した。

抜け目のない何名かの記者が、ある謎について自説を展開している。一面にはハドフィールドとスプレイグの件が蒸し返されている。ジェイムズ・スプレイグは墓から蘇ったのか? そうでないなら、T・アレン・ドクセンビーのアパートメントにあったあのグラスに、幽霊の指紋を押しつけたのは誰なのか？　その新聞には、鉱山信託基金ビルの屋上から二人の人間を永遠の世界に突き落とす、幽霊となったジェイムズ・スプレイグの漫画も掲載されていた。

ハロルド・ローソンはいつもの快活な青い瞳をいまは緊張させつつ、電話に手を伸ばしてその新聞のニューヨーク支局を呼び出した。支局長のアル・チェイニーは古くからの知り合いだった。

「なあ、アル」ローソンは不満を漏らした。「きみの新聞に載っているハドフィールドとドクセンビーに関するくだらん記事だが、もう少し抑えることはできないのか？　紙面を埋めるほどの戦争記事はないのかね？　おかげで保険局は大変なんだぞ」

「この数日でまったく面白いことになったからな」支局長の笑みが見えるようだ。

「わたしが間違っているのでなければ」ローソンは葬儀屋のような口調で言った。「きみの奥さんは、鉱山信託基金の証券を六千ドル分持っているな。われわれは全力を振り絞って、この大混乱から可能な限りの人間を救済しようとしているんだ。こんなつまらん記事が載ると、資産価値がさらに下落するぞ」

「くそったれめ！」そして沈黙が訪れる。今度はローソンが笑みを浮かべる番だった。「そういうことなら」チェイニーはついに降参した。「できる限りやってみる」

「仲間たちにもその言葉を伝えてくれよ」ローソンは言った。「一緒のプールに飛び込んだ仲間たちにな」

「脅迫と名誉毀損で訴えるぞ」

「無駄話はよして早速取りかかってくれ」

ローソンは電話を切り、ミス・シュライヴァーの背中を一瞥したあと、残り三通の手紙もなかば打ち終わっているだろうと見当をつけた。そして物憂げにメモ帳を引き寄せ、次の内容を記しはじめた。

サイベラ――三万七千ドル――（三万七千ドル）
ミセス・H――十七万五千ドル――（？）
セス・H――十万ドル――（？）
法廷――管財人費用（？？？）として三万ドル（？）
エリーゼ・S――遅かれ早かれ二十七万五千ドル（？）――復讐！
カール・ベントレー――？？？　公認会計士
ドクセンビー――？？？　弁護士
H・L――？？？　わたしのことだ！

ミス・シュライヴァーが手紙を持ってきた。メモ帳の上にそれらを置いて署名し、帽子とコートを手に昼食をとりに出かける。手紙を回収しに来た彼女は、ローソンが書き記した数字に気づいたが、特に注意を払わなかった。ミスター・ローソンはいつも数字と格闘している。彼女はメモ帳を机の端に置き、部屋をあとにした。

ランチルームに入るや否や、ローソンはカール・ベントレーの姿を見つけた――ベントレーとあの女を。隅のテーブルに座る監査人は身を乗り出し、一種の冷酷な好奇心を浮かべながら、眼鏡越しに相手を見ていた。

ローソンもその席に加わった。別に邪な意図があったわけではなく、ベントレーがどのように振る舞うかを見たいからだった。カール・ベントレーのことは数年前から知っているが、女性と食事しているのを見たのはこれが初めてだった。

ミスター・ベントレーは困惑を顔に浮かべながらも眼鏡をほんの少し上にずらし、互いを紹介した。「こちらは友人のソフィー・マンソンだ。ソフィー、こちらはハロルド・ローソン。州保険局の職員で、鉱山信託基金を担当している」

この闖入《ちんにゅう》を歓迎するかのように、ソフィーは大きな青い瞳をローソンに向けた。「どうぞ、お座りになりません？」

ローソンは椅子を引いた。「カール、アトランティックシティ美人コンテストに出場させるつもりなら、きみの選んだ候補は優勝間違いなしだな」そして、ふんだんに愛想を振りまくミス・マンソンに賞賛の視線を向けた。

「一度応募したことがあるのよ」ソフィーは白く輝く歯を見せて言った。「でも審査員は、三十二ポンドもある塊を胸からぶら下げている女の子を選んだのよ。一晩中踊り明かしたあとは、毎朝飛行場まで行って胸の具合を確かめなければならないの」そう言って、円形の小さな手鏡を覗き込む。「このゴム不足が続けば、どんどんしぼんでいくはずだわ。たしか、鉱山信託基金の担当だったわよね？」

「州の担当です」そして、ウェイトレスに自分の注文を伝えた。「カールがいるおかげで、何もかも順調に進んでいますよ」

「面白いことがあるの」髪の毛をゆっくりと撫でながらソフィーが言った。「昨晩自宅の窓から飛び降りたドクセンビーって人、わたしたちのお友だちなのよ」

「ちょっと待ってくれ、ソフィー」ベントレー氏はコーヒーカップを置いた。「会ったのは昨晩が初めてで――」

「初めてで――？」ローソンが楽しげに先を促す。

「バーで会ったのよ」ソフィーが続けた。「あなたのことをよく知っているようだったけどね、カール」

「ダウンタウンのどこかで会ったかもしれないと言ったんだ」否定するあまり、ベントレーの顔に皺が寄った。「わたしに言わせれば、あいつはわたしよりもきみのほうをよく知っていたじゃないか」

「たぶんね」そう言って、ソフィーはキューピッドの弓のように唇を引き締めた。

「まあ、どちらかなんでしょう」ローソンが笑みを浮かべて落ち着かせる。「どうでもいいというわけじゃありませんが、あなたがたが彼とバーで出会ったという事実とその時間は、警察も知りたいであろうことは間違いないと思いますよ」

ベントレー氏が声を上げる。「なんということを、ミスター・ローソン！　わたしは決して――」

マニキュアを塗ったソフィーの指がカール・ベントレーの手首を握っているが、睫の下の瞳はローソンに向けられていた。そして、静かに、かつ冷淡に尋ねる。「なぜです？」

「新聞はお読みでしょう？」と、食事に注意を向ける。「警察が捜査していますからね」

「つまり、新聞も捜査をしているってこと？」ソフィーが言った。「ドクセンビーは自殺したって、警察は言ってたわよ。なのに、どうして余計な口出しをしなきゃならないの？　わたし、警察の人たちにこっぴどくやられるつもりなんてないから」そして立ち上がり、「行きましょ、カール。もうオフィスに戻らなきゃならないの。お会いできてよかったわ、ミスター・ローソン。それじゃあね」

「きみは――」カール・ベントレーが言いかける。

「いいじゃないか」ローソンが口を挟んだ。「あとでお目にかかるよ」そして、コーヒーとパイに取りかかった。

近代的な会計士ビルに戻り、エレベータに乗ってオフィスへ入ると、すでに二時半近かった。ローソンは机のあいだを通って狭い自室に辿り着いたが、椅子に腰かけるより早く若手の事務官が入口から顔を見せた。

「ミスター・ローソン。オフィスに誰もいませんし、わたしもこれから外出するんですが、記録庫は閉じておきましょうか、それとも開けたままにしておきましょうか？」

「開けたままにしておいてくれ」ローソンは答えた。「ロングアイランド預金者組合についてちょっと調べごとをしててね。書類がまだここにあるんだ。しまうときついでに閉めておくよ」

事務官は手を振りながら「わかりました」と答えた。

事務官の足音が遠ざかり、やがてドアの閉まる音によって途切れた。ロングアイランド預金者組合の帳簿のいくつかは、まだ整理が着いていなかった。書類を抜き取ってからメモ帳を手許に引き寄せ、その一枚目をぼんやりと見ながらじっと座った。

出かける前に記した、暗号のような殴り書きの痕がまだそこにある。しかし、実際に鉛筆を走らせたその上の紙はなくなっていた。まず自分のゴミ箱を確かめ、次いでミス・シュライヴァーの机にあるより大きなゴミ箱を見る。

書き記した内容は誰の目にも無意味に映るだろうが、ハロルド・ローソンはオフィスの秩序にかけてはやかましかった。自分のメモした内容を決して捨ててはいけないと、ミス・シュライヴァーにも厳しく言い渡してある。知らぬ間にいくつかの数字を捨てられただけで、一日が無駄になってしまうのだ。

ロングアイランド預金者組合の資産評価に意識を集中させようとするが、どうしても無理だった。しばらく時間をおいて引き出しからくたびれたパイプを取り出し、安物の刻み煙草を一杯に詰めて火を点けた。ふさぎ込んだ気分で煙を吐きながら、ドアに近づいてメインオフィスを見渡した。こちら側の半分には光り輝く机が並んでいる。一方、向こう側の半分は、背の高さほどの緑のファイル棚で一杯だった。人影は少なく、土曜の午後に特有のはっきりした空虚さが認められた。

ローソンはファイル棚に近づいて長い通路を見渡してから、再び個室へ戻った。向かいのビルを見ると、窓掃除の男が安全ベルトに身をもたせつつ、地上二十階の高さで何事もなく仕事をしている。彼はその光景に心奪われた。人間の命は数多くの小さな物体にかかっている――指ほどの大きさしかない革の部品、壁に埋め込まれた二つの小さなフック――。

メインオフィスで紙のひらめく音がする。引き出しの中をネズミが駆け回る程度の音だ。

ハロルド・ローソンはパイプを置き、個室の入口へ歩いた。もうすぐ照明が点くころで、会計士ビルの六階はいかにも冬の午後らしい憂鬱かつ弱々しい日光を受けて、柔らかな薄闇に包まれようとしていた。

立ちはだかるファイル棚の向こうに書類庫のドアが見える。青い眼を細めてさらにそちらを見つめる。ローソンは平静心の持ち主であり、幻想や幻覚などに惑わされることなく、冷酷な事実と向き合うことができるはずだった。

心臓が激しく脈打ちはじめ、鋭い頭脳が曇らされているのに当惑を覚える。しかし、ドアは疑問の余地なく動いている――さほどではないが、それでも動いているのだ。見る間にドアの位置がずれていき、壁との角度を変えながらさらに閉まりつつあった。

ローソンは個室から出て抜き足で忍び寄った。全身の筋肉に力を込め、壁沿いを遠回りで金庫に近づいてゆく。オフィスの端に着いて金庫の入口が見えたとき、金属の棚のあいだを歩く人の足音がした。

ローソンは「誰かいるのか！」と叫んでから、素早く先へ進んだ。

足音が駆けだした。ローソンは金属の壁に挟まれた通路を走り始めたが、すぐに間違ったと気づいた。正しい通路に辿り着くより早く、ドアが開閉する。そしてすぐに、ぶつかる音と、呻き声と、何かの落ちる音が聞こえた。

受付に通じるドアへ駆け寄り、全力で開く。もつれる足で中に入ると、エレベーターホールにつながる反対側のドアのそばに、男が顔を下にして倒れていた。

ローソンは跪き、顔をこちらに向けた。カール・ベントレーだ。額にできた三日月型の傷口から血が流れ落ちている。その身体を持ち上げてメインオフィスへ運び、マホガニーの長テーブルに注意深く横たえた。

ほんの一瞬、ベントレーの荒い呼吸に耳を傾けた。

「くそっ！」と声を上げ、書類庫へ戻る。先ほど注意を惹いた紙の音の正体がわかった。押収されたジェームズ・スプレイグ・アンド・カンパニーの小切手が、茶色の紙に包まれ、麻紐で縛られているはずだった。

その紐がいまはほどけ、書類庫の床一面に散らばっている。

ローソンはそれらを拾い集めて再び包んだ。それからベントレーの眼鏡を拾い上げ、ポケットに押し込むと個室へ戻り、デイヴィス警視に電話をかけた。

3

「殴られたんですよ！」カール・ベントレーは頭に巻かれた包帯の下から警視を横目で睨み、硬い椅子の中で不愉快そうに身をよじらせた。

「誰に殴られたんです？」デイヴィスが尋ねる。

「男ですよ」

「特徴は？」

「そうですね――」ベントレーは目を閉じた。「中肉中背で、これといった特徴はありません」

「そして、ズボンを履いていた」

「いいえ――コートですよ」

「なんと！　ズボンを履いていなかったと？」デイヴィスは口髭に舌を這わせたが、これは食べるものじゃないと思い直した。

「つまり、コートを羽織っていたのです――どうという特徴も――」

「頭髪は？」

「さあ、どうでしょう」ベントレーは再び目を開け、怯えるコマドリのような目で警視を見た。「帽子を被っていましたよ」

「もちろん、頭にでしょうな」

「ええ。とても混乱していましてね」

「それはわたしも同じですよ！　この中肉中背の露出狂はどこで殴ったんですか？」

「頭です」

「いいえ、オフィスのどこであなたを殴ったのかと訊いたんですよ。身体のどこを殴ったのかじゃありません」

「廊下に通じるドアのすぐそばです」

「カールにいくつか質問してもかまいませんか？」ハロルド・ローソンが腕時計を見ながら訊いた。

「五時に約束があるもので」

「どうぞ、ご勝手に」デイヴィスは椅子に座りながら答えた。

「なんです？」

「そいつを以前に見たことは、カール？」と、ローソンが尋ねる。

「一度もありませんよ。わたしにわかるのは――」

「そいつが中流階級の人間だということだけだ」デイヴィスが呟く。「高級娼婦と同じな」

「よく見えなかった。眼鏡をかけていなかったのでね」

「その通りなんですよ、警視」ローソンが相槌を打つ。「眼鏡は書類庫の床に落ちていました。カール、あそこで何を探していたんだ？」

「ジェイムズ・スプレイグが購入した鉱山信託基金の証券の額を調べていたんです」しっかりとした

大地に立ったかのように、ベントレーはすらすらと答えた。

「なぜ直接わたしのところに来なかった？」

「あなたがいるのを知らなかったからですよ、ミスター・ローソン。昼食の席で別れたあと、真っ直ぐ帰宅したと思ったので」

「書類庫のドアを開けたまま、みんな外出したと考えたのか？」

「いや、それについては何も考えなかった。オフィスに誰もいないとき、よくここに入っていましたからね」

「小切手と眼鏡を床に落としてしまったのはどういうわけだ？」

「よくわからない」一瞬考えてからベントレーは答えた。「何かに驚いたんでしょう」

「ヒッポグリフ（ギリシャ神話の怪獣）でも見たんじゃないか？」爪楊枝をいじりながら警視が言った。

「たぶん、ドアのそばでわたしを殴った人物だと思います」

「頭を殴ったのはそのドアでしょう」デイヴィスが続ける。「帽子を被った中肉中背のドアだ」

「あなたたちがどう考えようとわたしには関係ない！」ヒステリーにも近い勢いでベントレーは感情を爆発させた。「書類庫にいたとき、誰かの視線を感じたんだ。そいつはわたしを閉じ込めようとした。ドアを動かすのを見たんですよ！」

「ちょっと待った」ローソンが遮る。「話が飛びすぎだよ。そのことは初めて聞いたが」

「何を初めて聞いたんです？」ベントレーはなんとか平静を保とうとしている。

「ドアの件さ」

「その機会がなかったんですよ。あなたたちときたら、わたしをいびるだけですからね。頭が混乱して集中できないんです」

「こちらの頭もどうかしそうですよ」憂鬱げに爪楊枝を嚙みながら、デイヴィス警視が呟いた。「ドアの話をしてください」

「わたしも動くのを見ましたよ」ローソンが言った。「わたしのオフィスから、ファイル棚越しにドアのてっぺんが見えるんです」そう言って個室のドアを指差す。「どういうことかおわかりですか?」

「ミスター・ベントレーを書類庫に閉じ込めて、いったいどうなると言うんです?」警視は真面目な口調で尋ねた。

「ブレイク・ハドフィールドを殺害して、いったいどうなるのでしょうね?」ローソンが訊き返す。

「あのドアにはタイマー式のロック装置があるんですよ、デイヴィス。ここを出たときそれが閉まっていれば――」そこで肩をすくめた。「カールの発見は月曜日になっていたでしょうね」

「昨夜あなたは、ハドフィールドの死は自殺だと言っていた」警視はそう言って爪楊枝を灰皿に捨てた。「どうして考えを変えたんです?」

「警視、あなたとマクレーン大尉のせいですよ」ローソンが答える。「大尉をこの事件に引き込むよう薦めたのはあなただ。お二人でなんとかしてくださることを祈っていますよ。新聞記事にはうんざりさせられていますからね」

「わたしの考えが不浄であれば、訴えればいい」そして、デイヴィスはカール・ベントレーに向かって「よろしければ、まずはドアが動いたときから話を始めましょう」と先を促した。

「小切手をその場に落として駆けだしました」

「その前に眼鏡を落として、でしょう」

ベントレーはハンカチを取り出し、問題の眼鏡を拭いて、片耳を覆う包帯のそばに注意深くフレームをかけた。「ドアが動き出したとき、眼鏡はかけていなかったと思います」

「なぜ？」

「たぶん拭いていたんでしょう。不安になると無意識のうちにそうするんですよ――いまと同じようにね」

「書類庫で何が不安になったんです？」デイヴィスが問い詰める。

「誰かがドアを閉めるのではないかと」ベントレーは言い訳するように答えた。

「しかし、あなたはその男を見なかった」

「ええ、警視」

「どういうわけで？」

「ドアの裏に隠れていたんでしょう」

「どうしてそう思ったんですか？　物音でも聞いたんですか？」

「そうじゃありません。誰かが――」

「そう」デイヴィスが早口で割り込む。「誰かがドアを閉じようとした。これですべての説明がつきますよ。あなたはそいつを見なかった。物音も聞いていない。そいつはドアの裏に隠れ、ドアを押して閉めようとした。中肉中背の男がドアの裏に隠れているその横を、あなたは駆けだした。どのくらい速く走れます、ミスター・ベントレー？」

「そんなに速くはないですよ」

「そんなに速くは走れない、とミスター・ベントレーはおっしゃる」そう言って、デイヴィスは何かを訴えかけるようにローソンを見た。「わかりましたよ、誰がドアの裏に隠れていたか！」

「誰です？」額に皺を寄せながら、ローソンが尋ねる。

「パヴロ・ヌルミですよ、逃走中のスウェーデン人の」デイヴィスは言った。「こいつはミスター・ベントレーを驚かせ、別のオフィスを通って廊下の入口で待ち、ドアから出ようとするミスター・ベントレーを殴りつけた」

「大切なことを忘れていますよ、警視」ベントレーが冷たく口を挟む。

「わかってます」デイヴィスは答えた。「ズボンを履いていなかったことを忘れてました」

「わたしが立ち止まったことを忘れたんです」ベントレーはそう言うと、額のこぶに恐る恐る手をやった。

「立ち止まった？　なんのために？」

「誰かがあとをついてくる音がしたんです」

「わたしなら走るスピードを上げますがね。なぜ立ち止まったんですか？」

「パニックに陥ったんですよ。小切手と眼鏡を落としてしまい、しかも眼鏡なしではよく見えませんからね。わたしは立ち止まったけれど何も拾わず、ドアから出て走り始めました」

「どこに向かって？」

「外の廊下です。下に降りたかったんですよ。ファイル棚のあいだにはいくつか通路があって、最初に目に入った通路を選びました」

「どれです？」

「二本目の通路でした」ローソンが割り込む。「駆けだしたとき、その物音が聞こえたんです」

「続けてください、ミスター・ベントレー。あなたは二番目の通路を走り――」

「わたしの行く手を遮ろうと、誰かが静かに動く物音を聞きました。ミスター・ローソンがオフィスを回っていたに違いありません。わたしは立ち止まってそちらに耳を澄ませました」

「そして何を聞きましたか?」

「『誰かいるのか?』という声です」

「返事をしましたか?」

「いいえ」

「なぜ?」

「怖かったからですよ。自分しかいないと思っていたので」

「ミスター・ローソンの声だとはわからなかったんですか?」

「もちろん。わかっていたら返事をしていましたよ」

「どのくらい立ち止まっていましたか?」

「さあ、どのくらいでしょう。ミスター・ローソンが大声を上げ、ファイル棚に向かって走りだすまでですね。それから、わたしも走り始めたのです」

「他に誰かが走る物音を聞きましたか?」

「ええ」ベントレーが答える。「ドアの裏に隠れていた男が、別の通路を走っていったんです」

「ミスター・ローソン。あなたもそれを聞きましたか?」

「正直言って憶えていません。たぶん、もう一人の男がベントレーだと考えたのでしょう。わたしに断言できるのは、通路の一つで足音がしたということだけです」

「他には何も?」

「ドアの開閉する音が聞こえました」

「どのドアです?」

「わかりませんでした」ローソンは正直に答えた。「最初の通路へ駆け込んだときには、もう見えなかったんです」

デイヴィスはベントレーに振り返った。「ということは、あなたがドアを開け閉めするのを、そいつも聞いたに違いない」

「ところが、そうではないのです」ベントレーが満足げな作り笑いを浮かべて言った。「わたしはドアの音を聞きました。別の通路を通って受付ホールに出たのでしょう。タイピストの部屋からドアがまだ開いているのを見られますよ。ご案内しましょうか?」

「いいえ、結構」デイヴィスが答える。「それから、何がありましたか?」

「エレベーターホールへ通じるドアを開けると、誰かがわたしの後ろで動く音がしました。振り向くと、あの男がわたしを殴ったのです。憶えているのはそれだけですよ」

「その傷です、思いっきり殴ったんでしょうね」

「金属製のナックルをしていたんだと思いますよ」

「妄想じゃないでしょうね? 受付から外の廊下に出るとき、ドアに頭をぶつけただなんて言わないでくださいよ」

「なぜそんなことを?」ベントレーはごく論理的に訊いた。「そんな話をでっち上げれば、さらに面倒なことになるだけでしょう」

「女性は多くの面倒ごとを引き起こすものです」デイヴィスが言った。顔をしかめるあまり、太い眉毛がアーチ状になっている。「それはおわかりですか、ミスター・ベントレー？」

ベントレーの濡れた唇が一瞬にして乾いた。「何をおっしゃりたいのか、さっぱりわかりませんが」

「ご婦人」ウインクをしながらデイヴィスが続ける。「女の子、いい女、ふしだら女――あなたも女のことはご存知でしょう？」

「何を言いたいんです、デイヴィス警視？」

「わたしの言いたいのは」デイヴィスの口髭が一文字になる。「警察は何事も見逃すわけにはいかないんです。あなたはなぜ、アレン・ドクセンビーと昨夜バーで会ったことを教えてくれなかったんですか？」

「あなたが話してくれたと思っていたんですがね、ミスター・ローソン」

「ローソンからは何も聞いていませんよ」デイヴィスが言った。「たまたま、あなたを尾行させていたんです」

「つまり、昨晩刑事がわたしのあとをつけていたと？」ベントレーは再び唇を濡らした。

「おわかりのようで」

ミスター・ベントレーは眼鏡を外した。「それなら、わたしがT・アレン・ドクセンビーの死に関係がない決定的な証拠を得たことになるでしょう。実に素晴らしい」

そのとき、外で足音がした。アーチャー巡査部長が部屋に入り、一同に告げる。「ミス・マンソンを連れてきました」

4

ダン・オヘアはブロンクスの狭い部屋に、アイルランド人の家族とともに住んでいる。彼らの趣味も自分同様単純なものだった。鉱山信託基金ビルの夜間警備員の仕事は、一ヵ月当たり八十ドルにしかならなかったが、別に贅沢な暮らしをしているわけではなく、楽しみといってもときたま午後に映画を見に行くことくらいだった。

十年間も仕事を続けたおかげで、彼の人生には一つの習慣が刻まれた。毎月十日になるとウォールストリート預金組合の巨大な白亜の建物に出向き、行員の出迎えを受け、自分の預金口座になにがしかの金を加えるのである。

自分の不自然な勤務時間について、オヘアは大家のミセス・ショーにときどき愚痴をこぼしていた。だが本当のことを言えば、昼間でもよく眠れるようになっていて、土曜日の午前七時から日曜の午後七時まで与えられる毎月の週末休暇が短く感じられた。

オヘアは命あるものを恐れることはなかった。たくましい肉体に自信を持っており、銃の腕前にかけてはさらに自信を持っている。しかし所詮はアイルランド人であり、夜が更けて眠気に襲われると、はるか昔に亡くなった母親が語って聞かせた、茂みの下の小人たちやすすり泣くバンシーなどの物語を思い出すのだった。

ロウアー・ブロードウェイは夜になると十分静かになるが、月に一度、日曜の夜にやって来る手伝いを帰すと、人気《ひとけ》のなさが心の中により強い印象をもたらした。やがて、ニューヨークのダウンタウンはオヘアにとって違う雰囲気を帯び始める。それは、数時間におよぶ怠惰のうちに孤立してしまった街の通りが、決して戻ることのない幾万もの労働者を息を潜めて待っているようだった。

遠くで地下鉄の走る音が鳴り響き、街を離れるのが嬉しいというように高速で通過してゆく。ブロードウェーの通行人は人目を憚るように歩いている。自分たちが侵入者であることを知っているのだ。タクシーが一陣の風を巻き起こしながら、あの馴染みのある音を立てて走り去るのは稀だった。

ハドフィールドの死はなんの助けにもならなかった。六年前のスプレイグの事件以降、オヘアは憂鬱な数ヵ月を過ごし、あのオフィスも避けていた。それは恐ろしさのためではなく、そこに存在しないもののためだった。

そしていま、ハドフィールドもドームから転落し、床のタイルに染みだけを残した……！　洗っても洗ってもそれは消えず、いまでもオヘアの鋭い目は、その場所がどこであるかを見分けられた。交替の男を小さな入口で見送り、ロビーの裏手から自らの小部屋に戻るときも、彼は慎重にそれを避けてきたのだった。

映画の中で古代の警備員というものを見たことがある。ブーツを履き、ランタンを手に見回りに出かけ、ずっと大声を上げながら一晩中みんなを寝かせなかった人間だ。

「日曜夜、七時、あと十二時間、すべて順調だ！」オヘアは大声でひとりごちた。その声はドームに跳ね返り、ふたたびロビーへ下りてきた。

「ちくしょう！」と、誰にともなく呟き、小部屋に腰を下ろして拳銃の働きを確かめる。

八時十五分に巡回へ出かけ、三階にあるパンチを二つまで押したとき、ベルの音が聞こえた。巡回を妨げられたことを喜びつつ、エレベータで下に降りる。ベルを押しているのは血の通った人間だ。

「お会いできて嬉しいですよ」オヘアは言った。「キャリガンが来るかと思っていたんですがね。あいつは日曜の夜になると醜い顔を出して、挨拶だけしていくんです」

アーチャーはニヤリと笑みを浮かべた。「かと言って、あいつの醜い胃袋にコーヒーを流し込んでやるわけじゃないだろう?」そう言って、襟の糸くずを払い落とす。「雪が降りだしたが気温は高い。きっと雨になるぞ」

「でしょうね」そう言って、オヘアはタイムレコーダーを引き寄せた。「わかりますよ、脛が痛み始めたものでね。ちょうどいま巡回中なんです。戻ってくるまでここで待っていますか?」

「一緒に行くよ」アーチャーは言った。「さあ、出かけよう」

二人は階段を登った。四階の見回りを終え、三階へと戻る。

「どうしておれがここに来たか、不思議に思っているだろう」上に登るエレベータの中で、アーチャーが言った。

「わたしに不思議なことなんてありませんよ。関係ないですからね」

オヘアがエレベータを止め、二人は外に出た。「ドアに張りつかせていた二人を動かしましたね。わかってたんですよ、なんの役にも立たないって。まあ、いい暇つぶしにはなりましたがね。わたしとしては、もう一度戻ってきてほしいくらいですよ」

「これがわれわれのやり方なんだ、ダン——見込みがなくなった。ハドフィールドを突き落とした奴は、あいつらを配置につける前に逃げてしまった」

「そりゃそうでしょう」そう言って、タイムレコーダーを前に向けて鍵を差し込む。「突き落とす前に逃げたんですよ」

「どういうことだ？」

「わたしやあなたのような人間には見えない、ある物事があるんです」

「そうかね？」不安げな口調だ。「きみもそんなことを信じつつあるんだな。いくつか質問に答えてくれないか？」

「どんなことです？」

「月曜の夜以降、何か落ちているものを見なかったか——例えば硬貨とか、万年筆とか、あるいはそこにあるべきではない文鎮とか？」

「それはもうお尋ねになったでしょう。あなたと警視の指示には従いましたよ。あなたがたを裏切るような真似なんてしていません。なくなったグラスのことを話したはずです」

「それはいいんだ。マクレーン大尉から聞いたからな」

「それが妙なんですよ。大尉があの子犬を連れてあたりを嗅ぎまわっているなんて」

アーチャーは笑い声を上げた。「大尉は同じ大きさの犬をもう一匹飼っているが、そいつはとんでもなく獰猛な奴だ。大尉を騙そうとしても無駄だぞ。視力はないが、見えないものはない」オヘアが再びタイムレコーダーに鍵を差し込むあいだ、巡査部長は言葉を切った。「正面のドアが開いたのはなぜか、きみにわかるか？」

「さあね」オヘアが答える。「わたしが巡回しているあいだに誰かが下りて——いったん外に出て、それから戻ってきたんでしょう」

「そうか」アーチャーはメモ帳を取り出し、何かを書きつけた。「マクレーンのことなんだが、相棒がいまこの街にいて、今夜空港から飛び立つことになっている。それを見送ったあとで来るかもしれないと、きみに告げてくれとのことだった」

「ここにですか?」オヘアは眉をひそめた。「あの子犬も?」

「他に誰がいる?」

「通していいんですか?」

「当然だよ、ダン」

「誰もここをうろつかせるなと命令されていますからね」

「マクレーンと犬二匹についてはわれわれが許可を出した。質問にはすべてお答えするんだぞ」

「答えることなんてありませんよ――何も知らないんですからね」

アーチャーはオヘアの背中を叩いた。「変なことを考えるなよ。わたしは階段で下りる。報告することがあるんでね」

「一緒に下りましょう」オヘアは言った。「あなたが出たあとドアを施錠しますから」

アーチャーはエレベータの前で立ち止まり、九階を指したままになっている、もう一つのエレベータの針を指差した。「まだ直してないのか?」

「直ってますよ」

「なら、どうして下に戻さないんだ?」

「上げておいたほうがいいんです。ここの会計士ときたら、昼間エレベータに乗ってどこかの階に置き去りにするものだから、そこで故障してしまうんですよ」

二人はもう一つのエレベータに乗ってロビーに下りた。通用口に向かう途中でアーチャーが立ち止まる。「マクレーンのことを忘れるんじゃないぞ。待たせないでビルの中に入れるんだ。目が見えないということを忘れちゃいかん」

「ベルを聞いたら駆けつけますよ」

「それじゃあおやすみ、ダン」

「おやすみなさい」

蒸気の噴き出す静かな音が地下室に響く中、オヘアは九時の巡回に出かけた。ゲージを見て正しい圧力であることを確かめる。しかし、室内を暖めるにはまったく十分でない。ベントレー氏が請求書を突きつけてこう言うからだ「ダン、もっと厚着をしたらどうだ？」まったく、あの男ときたら！一晩このビルで過ごせば、墓場よりも寒いことがわかるだろうに。

オヘアは避難口の防火扉に目をやった。ミスター・ハドフィールドの件はいま考えても奇妙だ。警察が開けるまで、この扉はもう何年も閉じたままだった。そして、警察は扉を完全に密閉した――錠の周囲に太いワイヤーが巻きつけられている。しかし、ハドフィールドが自ら飛び降りたか、せがれが突き落としたのでなければ、誰かがどこかをすり抜けていったのだ。

あの若者は酔っていた。自分だって昔はいい男だったのに、あの燃えるような液体のせいですっかりだめになっちまった。もう飲むのをやめているが――盛りを過ぎたいまとなっては、もう手遅れだ。

巡回に向かう自分をロビーに並ぶ無人の机が見つめ、はるか以前に過ぎ去った日々を無言で思い出させる。かつて銀行があった空間に通じるドアのガラスに、懐中電灯の光を向けた。色褪せた格子の上に、金色の文字で「支払窓口」と書かれたプレートが輝いている。これ以上ここへ入る必要はない――支払う金も、奪う金もないのだから。

ロビーの床にある見えない染みを避け、エレベータに乗って三階へ行く。二階と三階は空きフロアになっていて、空間が広がる割りにはカーペットが小さく、みすぼらしい床が剝き出しになっていた。

五階へ昇ってから一階だけ下に降りる。資産評価の古いファイルが並んでいるものの、みんな無意味だった。昔の評価やアイディアの記されたファイルはすぐに大金を生み出すが、悪魔がそれを持ち去ってゆくのだ！　かつての証券・抵当部――そこだけで十二回もタイムレコーダーにパンチを打たねばならないが、さして時間はかからなかった。

七階から六階へ――古いアイルランド民謡に出てくる金のようだ！　保証つき第一抵当証券。金箔で縁取られ、金の浮き彫りが施された安全確実なはずの証券。だが、大勢の人間が一生をかけて貯めた金は、この証券のせいで永遠に失われた。二億ドル。十二回パンチを押す。

九階に上り、階段を下りる。机、椅子、ファイル棚。バルコニーの手すりから転落死した、目の見えない男のことが頭に浮かぶ。オフィスに座り、無限に巡回し続ける警備員を見ていた盲目の男の姿。

照明を点け、ゆっくりと下りるエレベータの感触を味わう。快適な小部屋の電熱器の上にはコーヒーが乗っている。ダン・オヘアはレバーを握った。

下へ行くぞ！

コーヒーは湯気を立て、室内を豊かな香りで満たしていた。オヘアは電熱器のスイッチを切ってランチボックスに手を伸ばしたが、大きな灰色の影が廊下を駆け抜けるのを見て舌打ちした。

またいつもの浮浪者だ。こいつか――何週間もパンを食べ、ディナーのあいだ決しておれを一人にしなかったのは。壁の釘に銃がぶら下がっているが、まさかネズミを撃つことはできない。そこで、部屋の隅にあるフックから重い警棒を取り上げ、獲物を追ってロビーに向かった。

見ると、ネズミはエレベータ近くの隅で身を縮めている。オヘアは駆けだした。するとグリルの隙間に姿を消してしまった。驚いたような鳴き声とあたりを駆け回る足音が聞こえる。コンクリートのエレベータシャフトに囚われたのだろう。

警棒を握りしめ、シャフトに通じるドアを開けた。この時代遅れのエレベータは一階から下へ行くことはない。ぎらぎら光る赤い瞳に懐中電灯を向ける。これ以上このネズミに患わされることのないようにしてやる。膝と手をついて後ずさり、シャフトの中に両脚をぶら下げて穴の中に飛び降りた。

シャフトの底に立ち、油に覆われた床に懐中電灯の光を走らせ、素早く穴の反対側へ動く。いまや片眼だけが彼を睨みつけていた。巨大なその瞳は懐中電灯の光を受け、虹の光を水晶玉で捉えたかのように、様々な色の光の筋をあたりに放っていた。

ネズミにツキなんて存在しない。あの小人の言葉が頭に蘇る。「巨人の義眼を見つめるだけでは十分じゃない」――夜の静寂の中、オヘアは物音も聞いたに違いない。頭上に聳えるドームの闇から、何かが静かに動く音が響いてくる。

近くで青い火花が上がった。それとともに、音を立てて機械が動きだす。

「くそっ、なんてこった」ダンは呟いた。「エレベータが下りてくる！」

エレベータはロビーの二フィート上で止まった。呪いの言葉を吐きながら、隙間から頭を出す。そのとき、重たい銃の底が頭を直撃した。そして五分後、意識不明のオヘアを載せたエレベータは上昇を始めた。

第7章

1

日曜日の昼下がり、スパッド・サヴェージはレナの寝室に入った。カーネギーホールで催されるコンサートのチケットをマクレーン大尉からもらっていた。ベッドの上で身体を伸ばして煙草に火を点け、ウェーブのかかった黒髪をセットしている妻の姿に目をやる。白髪が一、二本混じっていた。

煙草を半分まで吸い、「いいじゃないか！」と声をかけた。

「まあ、ありがとう」レナは鏡台の三面鏡にキスを投げた。

「うぬぼれちゃいけないよ」と言ってキスを返し、馬鹿にしたような笑みを浮かべる。「きみのことを言ってるわけじゃない。きみは――まあいいや。これ以上は言わないでおこう」

「サイベラ・フォードのことね」レナは半分だけ振り向き、慣れた手つきで髪を撫でた。「横のテーブルに灰皿があるわよ。床に灰を散らかすのはやめてちょうだい」

「何を考えてる、レナ？　本気でそんなこと言ってるのか？　昨夜はディナーで今日はコンサート――その上マクレーンときたら、今夜ぼくを見送るために、空港に来てくれないかと彼女に頼んだんだぞ」

「あの人、彼をいじめてるのよ。憶えてる、昨夜ダンスしてたの？」

「馬鹿らしい」スパッドが答える。「きみだってもう何年も彼をいじめてるじゃないか――ぼくもそうだが」

「だって、わたしたち夫婦だもの」

「ああ、その通りだ。そんなこと考えてもみなかったよ」

「それと同じで、ダンカン・マクレーンとのつながりでこの結婚を考えてみたことなんてなかったわ。あの人は本物の紳士よ――強くハンサムで、頭もいい。わたしたちは彼の近くにいすぎて、まるで機械だと考えるようになっちゃったのよ」

「マクレーンは恐ろしいほど繊細だ。彼女が傷つけるような真似をしたら――」スパッドは灰皿に煙草を押しつけた。

「繊細さもあそこまで行けば立派な防具よ。偽りや下品さに対する盾になるから」

「サイベラのことがお好きなようだね」

「素晴らしい人だと思うわ。あなたもそう思うでしょ？」レナが近づき、隣に腰を下ろした。「あなたはたった一つ、わがままなところがあるわ――ダンカン・マクレーンに対する愛情よ」

「彼だって、以前には大勢の女性と出会ったさ」

「あなただって結婚する前はそうじゃない」

「でも違う」そう言って、妻のスレンダーな腰に腕を回した。

「そうね」レナは頷いた。「あの人は目が見えない。だから、選択するのにより時間がかかる。二十四年間でずいぶん素早く動けるようになったけど、それと同時にますます慎重になった。サイベラ・フォードを結婚相手として選んだのなら、それが正しい選択だって自分でもわかってる。タイプライターのキーを叩くのと同じ、間違いを犯すことのない能力をもって選んだのだから。ダンカン・マクレーンだって間違いを消すことはできない。だからこそ、完璧を追及しなければならないの。あの人が間違えることなんてないわ」

「まったくね！」スパッドは熱のこもった声を上げた。「ぼくがダンカンを好きなのは、決して間違いを犯さず、それでいてあの非人間的な緊張とともに物事を進めていけることなんだ。サイベラにはあって、他の女性に欠けているものはなんだろう？　彼女はなぜダンカンの感情に触れ、あの一風変わった頭脳を魅了できたんだろう？」

「死人のおかげじゃない？」

「ハドフィールドか？」

「ええ。彼女は数年前からのお友だちだった。だから、目の見えない人と一緒にいることに慣れているのよ。ダンカンがすぐに感じるような、ほとんどの女性が持っている心のぎこちなさを、彼女は失ってしまった。先週の火曜日、あの人が彼のオフィスに入ってきたときから打ち解けていたもの。昨日の夜、あなたも見たでしょ？　まるで目の見える人間のようにダンカンと接していたわ。しかも、頭がよくて魅力的で、わたしたちのことも気に入ってくれている。あの人だってそれに気づいているはずだわ」

「マクレーンはなんだってわかるよ」スパッドは真面目な口調で同意した。「だけど、きみだって頭がいい。幸運にもぼくと結婚したんだからな」

「それに、ダンカン・マクレーンの秘書として過ごせるのも幸せだわ」

「おいおい」と、妻の腰をぎゅっと抱き寄せる。「サイベラに言うぞ、きみがマクレーンに言い寄っているって。ぼくだって告げ口くらいするんだからな」

レナは身体を寄せ、夫の鼻先に口づけした。「本当に無邪気な人ね！」その顔は微笑んでいたが、心配げな瞳は溢れる涙で光っていた。


その日の午後、マクレーンはほとんど無言だったが、コンサートのあと、ペントハウスの居間でカクテルを飲んでいるうちに気分が明るくなった。

アーチャー巡査部長が六時少し前に電話をかけてきた。これからオヘアを訪ねるつもりだとマクレーンが話すのを、スパッドは静かに聞いていたが、電話を切ってからも無言だった。

スパッドの乗る飛行機は十時に離陸する。カッポがパッカードを運転し、一行をラ・ガーディア飛行場へ連れて行った。管理棟を見物するためにレナとサイベラが中へ入ったので、マクレーンは相棒と車中で数分ほど話し合うことができた。

「このハドフィールド事件は気に入らない」スパッドが唐突に言った。「手を引くつもりはないのか？」

マクレーンは小さく笑ったが、顔色一つ変えず、座席の肘掛けから電気ライターを手にとり、白く輝く先端に煙草を押しつけた。

「わたし一人の手には負えないと？」

「そうじゃない！」

「それじゃあどうして?」

「警察も自殺の線を辿らざるを得なくなっている。どうにも調べようがないんだよ。不在の人物が人を殺したなんて、そんなことは証明できるはずがない」

「そうかな? 時限爆弾や毒薬はどうなる?」

「どっちにしろ痕跡が残るだろう。犯罪の歴史において、人を手すりあるいは窓から突き落とす機械なんてものは存在しなかった――たとえ、相手が目の見えない人間であってもね。それに、ドクセンビーは見ることができた」

「デイヴィスとアーチャーは殺人だと考えているんだ、スパッド。きみもそう考えている。さもなくば、手を引けだなんて言わないからな。突き止めなければならない、とても微妙な事態が進行中なんだ。発見も立証もできない殺人の手段が地下社会の人間の手に入ったら、この世界はどうなると思う?」

「立証不可能な犯罪をどうやって立証するんだ? あるいは、発見不可能な犯罪をどうやって発見すると?」

「発見し、立証するんだよ」

「モルモットが必要になるだろうね」スパッドは心の底からそう言った。「この事件はあまりに単純だ。あまりに明確で、疑問の余地がない。この事件に関わっているのは、尊敬に値し、きみの質問にすべて正しく答え、手をとってじっと目を見つめる善人ばかりなんだよ」

「わたしの目には見えない」そう言って、マクレーンは座席の隅に深く背をもたせ、肘掛けの灰皿に煙草を押しつけた。「記憶が正しければ、一年前に手がけたスパイ摘発事件で、わたしが捉えどころのないスミレの臭いを追いかけていたとき、モルモットが大いに役に立ったな」

「ああ」スパッドが答える。「しかし、ダンカン・マクレーンという名のモルモットはいなかった」そして近くに身を寄せ、マクレーンの膝を指先で強く突いた。「きみのことはよく知っている。他の人間はだませても、ぼくのことはだませない。いつもの警察のやり方では解決できない、困った事件に身を置いているんだぞ」

「たぶん、それがわたしの関わっている理由だろう」

「もう少し話を聞いてくれ。ぼくは馬鹿じゃない。きみは一人の女性と恋に落ちている。レナもぼくも、それを祝福できればどんなにいいかと思っているよ。だけど気をつけたほうがいい。きみだってもう気づいたんだから、無視はしないでほしい。

きみは人生で初めての危機に陥っている。人は頭脳で生きているが、恋に落ちた人間の頭脳が澄んでいるとは言えない。ニューヨーク市警をも翻弄した殺人犯を、きみは相手にしているんだ。ぼくはきみのやり方を知っている。他の方法で解決できなければ、事実を掘り出してきみ自身が脅威となり、犯人にわざとその首を差し出すんだ」

「それで？」

「十分気をつけて。首をへし折られるなんて馬鹿げてる。一つ約束してくれないか」

「犯人を捕らえるまで、あきらめるつもりはない。さもなくば死あるのみだ」

「わかってるさ」スパッドは言った。「しかし、これだけは約束してくれ。そうでなければ、ワシントンから休暇を取ってここに残る。たとえ議員の靴を舐めなければならないとしてもね。いますぐペントハウスに戻ってドレイストを連れてくるんだ。生きてこの事件を解決したいのなら、あいつが唯一の望みなんだよ。一人で鉱山信託基金ビルに行かないこと。いや、どこへ行くにもドレイストを連れていくこと。約束してくれるか？　昼であろうと夜であろうと、あいつの鎖より遠くへ行ってはいけない」

「わかった、約束しよう」ダンカン・マクレーンは言った。

スパッドは手を握った。車のドアが閉まる。しばらくして、これから離陸する飛行機の轟音がマクレーンの耳に入った。

レナとサイベラが戻ってきた。カッポが運転席の窓を開ける。「ダウンタウンに行きますか？」

「まずは家に戻ってくれ」と、マクレーンは答えた。


日曜の夜の道路は混んでいた。マディソンにあるリシュリュー工房でサイベラを降ろし、セントラルパークを横切ってマクレーンのアパートメントへ戻ったときには、もう十一時近かった。

オフィスに入ったマクレーンは、まず受話器をとった。レナは腰を下ろして煙草に火を点け、ダイヤルを回す電光石火のような指の動きを見つめている。かけたのは、鉱山信託基金ビルにいるオヘアの夜間番号だった。レナはゆっくりと煙を吐き出し、受話器から聞こえるかすかな呼び出し音に耳を傾けた。

「出ませんの？」

マクレーンの手が、机の端にあるボタンの列に伸びた。壁の後ろにあるスピーカーから時報が聞こえる。それは人間のものとは思われない声だった。

「十時五十一分ちょうどをお知らせします」

マクレーンは電話を切り、再びダイヤルを回した。呼び出し音が永遠に続くのではないかと、レナには感じられた。再び時報ボタンを押す。十時五十三分。二分経過している。

マクレーンは椅子から立ち、テラスに通じるドアへ歩いた。ドレイストは、スチーム暖房が利いたテラスにある自分専用の犬小屋で暮らしていた。

「マンデヴィル・ホテルにハロルド・ローソンがいるから、電話してみてくれ」と、レナに告げる。「もしいるなら、鉱山信託基金ビルに入る鍵を持っているかどうか訊いてほしい。そして、あと十五分でそちらを訪れると言うんだ。一緒にダウンタウンまで来てほしいからと。それから、きみも鉱山信託基金ビルに電話してみてくれ」

マクレーンはテラスに出て右に六歩歩き、ドレイストの鎖を外した。この警察犬はシュナックよりも重く、幅の広い胴体には力がみなぎっている。力強い顎に牙が白く輝き、たった一噛みで骨をバラバラに砕くのだ。

ドレイストはマクレーンの右側にいるようしつけられている。シュナックが左側を占めているからだ。鎖が外された瞬間、ドレイストは主人の膝の前に座った。忠実そのもので、死をも恐れない。正義の側にいる殺人者だ。あえなく引き倒され、恐怖に震える多くの人間よりも勇敢なこの犬は、妖しく光る銃口に飛びかかるのが何よりの楽しみだった。

マクレーンは室内へ戻り、ドアを閉めた。そして「待て！」とドレイストに命じてからレナを向いた。

「ローソンさんが電話口に出ています。警備員のほうは電話に出ませんでした。たぶん巡回中なんでしょう」

「最後のパンチを押してしまったのかもしれない」マクレーンは言った。「わたしが何を知りたいか、彼も知っているはずなんだ！」

2

みぞれ混じりの雨が静かに降り、灰色っぽい雪の層を通りに残した。マクレーンの乗るパッカードはタイヤチェーンの音を響かせ、道路のぬかるみに黒い平行な帯を引きながら、パーク・アヴェニューをゆっくりと走っている。マクレーンが急かしているにもかかわらず、ハンドルを握るカッポは安全のためにスピードを出せないでいた。

暖房の効いた車内で心地よさそうにまどろんでいるシュナックはマクレーンの足元に丸まっている。一方、カッポの隣に座るドレイストは、すれ違う車を警戒するように見つめ、重い鎖をときおり引っ張っていた。

ローソンの質問がマクレーンの思考を破った。「オヘアに何があったんでしょう？」

マクレーンは空気を入れ換えようと窓を降ろした。「何を言っても憶測にしかなりません。わたしが知っているのは、彼が電話に出なかったことだけです。鍵はお持ちですか？」

「ええ。十分に時間をおいて電話したんですよね？　まだ上の階にいたのかもしれませんよ？」

「毎時ぴったりに巡回を始めるんでしょう？」

「そうだと思います。確かかどうかはわかりませんが」

「確かですよ」マクレーンが続ける。「数日前の夜に彼から聞きましてね。ビルを一回りするには四十分かかるそうです。それから地下の小部屋に戻るんですよ。電話はそこにあります」

「オヘアに危害を加えるなんて、いったい誰でしょう?」

「スプレイグにハドフィールド、ドクセンビー、そしてベントレーに危害を加えたのは誰ですかね?」そう言ってマクレーンは脚を組み、膝を撫でた。

「昨日の昼にあったことを聞きましたか?」

「ええ。一部ですがね」

信号が青に変わるまでローソンは黙っていたが、やがて口を開いた。「昼食をとりに出かけているあいだ、誰かがわたしの机から一枚の紙を持ち去ったんですよ。ハドフィールドの死によって、誰がいくら手に入れるかを書き散らしていたんです。ちょっと警戒しなければならないと思うんですがね」

「ベントレーの手許にはいくらくらい入るんでしょう?」

「何も入りませんよ。なぜそう考えたんです?」

「机から紙を持ち去ったのが彼でなければ、オフィスには他にも誰かいたに違いない」

「警察は彼の話を信じていないようです」

「あなたは?」

「確信は持てませんね」ローソンは四番街に建つ明かりの消えたビルに目をやった。「デイヴィスによれば、ベントレーは鉱山信託基金の現在の資金に手を出していたらしい。こんなことは考えるだけでも愉快じゃありませんが、明日の朝一番で帳簿を監査人に調べさせるつもりです」

「デイヴィスがそう考えたのはなぜでしょう?」

「言ってませんでしたか、ベントレーがある女と関係を持っていたと?」

「ベントレーが?」マクレーンは手を伸ばし、シュナックの耳を愛撫した。「女性なんてどこにでもいるでしょう。誰なんです、その女は?」

「名前はソフィー・マンソン。洗剤でも洗い落とせないほどの、汚れた評判の持ち主です。アーチャーが昨日彼女から話を訊いたそうですよ」

「なんと答えたかご存知ですか?」

「少しですがね。アーチャーは彼女をわたしのオフィスに連れてきて、ベントレーと対決させたんです。追い詰めるとか脅かすとか、まあそんなところでしょう」そこで間を置く。「その女はT・アレン・ドクセンビーとも関係がありました。ベントレーにはドクセンビーを殺す理由が色々とあったのかもしれません」

マクレーンは静かに口笛を吹いた。前席のドレイストが振り向き、ガラス越しに見つめてきた。

「おなじみの理由でしょう——脅迫ですね」マクレーンは言った。

「デイヴィスとアーチャーもそう考えています——ただ一つのことを除いて」

「殺せるはずがなかった」

「どうしておわかりになったんです?」

マクレーンが答える。「明らかでしょう? 確かにベントレーは脅迫されていた。しかし刑事があとをつけているというのに、どうやって人を殺せるんです?」

「ベントレーもそう主張していました」

「関係者は全員、ほとんど同じことを主張していると気づきませんでしたか?」

「いいえ、考えてもみませんでしたね」ローソンは当惑していた。

「ところが、そうなんです」マクレーンが続ける。「ハドフィールドの死によって誰が利益を受けるか、あなたはそのリストを作ったと言いましたね。そのとき各自がどこにいたかのリストも作ってみましたか？」

「いいえ」

「やってごらんなさい」マクレーンは言った。「そして、ドクセンビーが死んだときのリストも作るんです」

「同じ人たちがその件にも関わっていたと、どうして言えるんです？」

「複数形でなく単数形で考えてください。同じ人間が関わっていたのはどういうわけか、と。まあ、われわれはそれを知りたいんですがね」

「聞かせてください」

「スプレイグの指紋が残る、ブレイク・ハドフィールドのセットから持ち出されたグラス。それがまず一つ。もう一つは、ハドフィールドの一件をドクセンビーが知っていたことです。本人から聞いたと思えるほど詳しく知っていた、と言っていいでしょう」

「考えてもみませんでした」

「いつか信じるようになりますよ」

「マンソンという女を通じて、ベントレーから知ったのでしょうか？」

「ハドフィールドの件について、カール・ベントレーがどれほど知っていたのかはわかりません。あなたはどうです？」

「昨日の出来事から、彼が興味を持っているのはわかりましたよ」ローソンは膝を強く叩きながら言った。「声をかけられたとき、ベントレーはわれわれのファイル棚からスプレイグ・カンパニーの小切手を掘り出していたんです。鉱山信託基金に対するスプレイグの投資について調べたかった、とわたしには言いましたがね」

パッカードは交差点を横切り、ブロードウェイを南へ向かっている。マクレーンはじっと耳を傾けていたが、やがて訊いた。「その話は筋が通っていると思いますか?」

「でしょうね。なんと言っても、ベントレーは監査役ですから。いつ何を調べていても不思議じゃありません」

「あるいは、仕事と自分の関心とがたまたま一致していたのかもしれない」

「大尉、率直に申し上げて、わたしもそう考えたことがあります。スプレイグの件については、われわれの部署が長い時間をかけて調べたが、何も出なかった。ベントレーはなぜ、昨日になって突然古いファイルを掘り返したんでしょう? それに、彼が本当に殴られたのなら、その行動が誰かの興味を引いたはずなんです。それは誰だと思います?」

「男でしょうね」マクレーンは答えた。「ベントレーの話が本当であれば」

「殴ったのはいままで見たことがない人間だったと言っていましたよ」

「真実を話してくれるであろう、ただ一人の人物がいます」マクレーンが言った。

「誰です?」

「エリーゼ・スプレイグ。頭がよく、それに秘書としてベントレーとも親しいですからね。先週、父親の会社について何かが明らかになったのなら、きっと憶えているでしょう——通常業務で明らかになったのならね」

「明日訊いてみます」ローソンはそう約束した。「もうこれ以上何もないといいんですが」

「わたしは息を潜めて銃を握っていますよ」

カッポが車を素早くUターンさせ、外に飛び出してドアを開けた。

マクレーンがカッポに告げる。「二人ともすぐ戻る。ここで待っていてくれ」そして前に手を伸ばし、シートの留め金からドレイストの鎖を外した。それを手に巻いてから「待て」と命じ、再び運転手のほうを向く。「居眠りなどしないでくれよ」と、黒人の大男に告げる。「トラブルが起きるかもしれない。あのドアから誰かが出てきたら、引き止めてくれ」

「了解」カッポが帽子に触れながら答える。「仰せの通りに」

「腕を折っちゃだめだぞ――ただ引き止めるだけだ」そう言ってニヤリと笑みを浮かべる。「前にも何度か見たからな」そしてローソンを向き、「ベルは鳴らさないで。静かに入りましょう」

ハロルド・ローソンは鍵を差し込んだ。まず二匹の犬が音もなく中へ入ってから、マクレーンとローソンがそのあとに続きドアを閉めた。

「エレベータは何階です？」マクレーンが声を潜めて訊いた。

「二つとも上ですね」と、同じく低い声でローソンが答える。マクレーンを伴ってロビーを横切り、シャフトの前で立ち止まる。「動いているほうは三階です。もう一つは九階に止まりっぱなしですね」

「階段で行きましょう」マクレーンはそう言って手を下ろし、ドレイストの首輪から鎖を外した。

「何をなさるんです？」ローソンが尋ねる。

マクレーンは階段の下へ素早く歩き、「見張り！」と、ドレイストに命じた。「ローソン、わたしはこの建物から誰一人外に出さないつもりです。戻ってくるまでドレイストをここに待機させますが、あなたはわたしのそばを離れず、ドレイストの姿が見えるあいだは決して銃を抜かないでください」

ローソンの声は震えていた。「銃など持っていませんよ。オヘアに何があったと考えてるんですか？」

「足音が聞こえない」マクレーンが答える。「急いで彼を捜したほうがよさそうです」

二人は早足で階段を登った。そのとき、ローソンが囁いた。「エレベータが三階にあるのなら――」

「その通り」マクレーンが先を引き取る。「三階か二階のどこかにいるはずです」

一行は二階のバルコニーからオフィス跡に入った。マクレーンが口を開く。「家具はありませんね。足音でわかります。ここにいるなら、あなたの目に懐中電灯の光が入るか、わたしの耳に足音が聞こえるでしょう」

「生きているならね」

ローソンは壁のスイッチを見つけ、明かりを点けた。「電球はほとんど撤去されていますが、この階にはいないようです。三階に行ってみましょう」

二人は三階へ登り、ビルの端から端まで探したが、ここにもいなかった。バルコニーに出たマクレーンは、出し抜けにローソンの腕に触れた。

「静かに！　上の階で足音が聞こえました。急ぎましょう！」そして「オヘア、オヘア！」と叫び、「前進だ、シュナック！　急げ！」と命じて階段へ走った。

が、駆けだすや否や足を止めた。聞き間違えようのないオヘアのアイルランド訛りが耳に飛び込んできたからだ。「助けてくれー！」その悲鳴はドームに反響した。

先週のハドフィールドと同じく、警備員の身体が床のタイルを直撃し、永遠に動かなくなった。マクレーンとシュナックはロビーまであと一歩のところにいた。

ローソンがほとんど聞きとれない声で言った。「ダン・オヘアだ」

「そばから離れないで、ローソン！」マクレーンの声は、大理石の床と同じく平らだった。「こいつに探させます。ドレイスト！　探せ！」言いながら階段の上を指差すと、この犬は黒い彗星のように駆けだした。

マクレーンは一歩前に踏みだし、ダン・オヘアのそばに跪いた。外科医のような指を一瞬忙しく動かし、やがて口を開いた。「警察を呼んでください。そうしたらすぐに戻るんです。わたしの近くにいなければ、ドレイストに襲われますからね」その声は低く、祈りのように平静だった。

二人は並んで立ち、猟犬のように次から次へとフロアを駆け回り、そして容赦なく階段を登ってゆく、ドレイストの跳ねるような足音に耳を済ませた。十分、十五分、二十分。そのあいだ、マクレーンは一度だけ呟いた。

「鼻と耳が利くんです。誰も逃げられません」

ドレイストが回転ドアの一つを開けてロビーに面したオフィスから姿を現わし、マクレーンのそばに近づいたとき、割れるようなベルの音が鳴り響いた。

三人の警官を伴ったデイヴィスとアーチャーが小さなドアから入ってきた。マクレーンは死体を指さして言った。「今度はオヘアです。ここですよ」

警部が鋭く命令すると、警官たちは階段を駆け登っていった。マクレーンがなんの感情も見せずに続ける。「ドレイストが地下室から屋上まで探して、ちょうどいま戻ってきたところです。オヘアが転落したとき、われわれはここにいました。誰もいなかったことは、わたしが証言します」

「もうこれ以上は勘弁だ、マクレーン」警視の声は疲れ果て、何歳も年をとったようだった。

「その必要はありませんよ。今回、犯人はミスを犯した。他の犯罪者と同じようにね。オヘアのタイムレコーダーを持ってきてください。そうすれば犯人の名を教えてあげますよ」

「どこにあるんだ?」警視は重々しい声で言った。「転落した場所にはなかったぞ」

「九階に止まっているほうのエレベータシャフトの底です。オヘアの靴の裏に油がついているでしょう。このビルでそんな場所は、シャフトの底しかありません」

デイヴィスは帽子を被りなおした。

「そこに落としたと言うんだな?」

「そうでなければ、そこにはありませんよ」と、ダンカン・マクレーンは答えた。

3

デイヴィス警視のオフィスの壁には大きな時計が掛かっている。悲しげに時を刻むその時計が一時十五分を指したとき、廊下から足音が聞こえた。制服を着た警官がドアを開け、「お連れしました」と告げた。

デイヴィスは無言で頷いた。隅の椅子には、二匹の犬を両脇に擁したマクレーン大尉が座っている。居眠りをしているかのように目を閉じ、口を半開きにしていた。

警官がさらにドアを開け、「お入りください」と告げる。

「どうぞ、座ってください」髭を生やしたドアノブと言っていいほど、警視の表情には何も浮かんでいなかったが、かすかに緊張した声が外面の平静さをいくらか打ち消していた。

「今度は何があったんです、デイヴィス？」そう言いながら、フィル・コートニーはコートを脱いだ。その様子から、腕の怪我はだいぶ良くなったのだろうとマクレーンは判断した。ともあれ、左腕を袖に通せるようにはなっている。

「ハドフィールド少尉にもここに来てくれるよう頼みました」と、デイヴィスが説明する。「遅い時間にお呼びして申し訳ありません。本当なら、あとの方は来ていただかなくても結構だったんですが」

ジュリア・ハドフィールドが口を開く。「わたしが悪いんです、警視。フィルとエリーゼも行くべきだって言ったものですから。あなたから電話があったとき、二人ともわたしのアパートメントにいたんです」

「夜はいつもそこにいるんですね？」

「ほとんどね」と、セスが短く答える。彼は帽子を脱いでいたが、コートを着たまま腰を下ろした。エリーゼが椅子を引き寄せ、セスの手を握る。

「外出していたのか？」

「ええ」セスが答えた。「エリーゼと一緒に」

「天気が悪かっただろうに」デイヴィスはそう言って、机の小さな瓶から爪楊枝を取り出し、口の隅にくわえ込んだ。「映画館にでも行ったのか？」

「セスに対する容疑はすべて取り下げたんでしょうね？」と、コートニーがさりげなく口を挟む。

「容疑？」デイヴィスは太い眉を吊り上げた。「一週間前に一晩ここへ拘留したのは、彼を保護するためだったんですよ。彼は――」そこで片手を挙げ、前後に振った。「なんと言ったらいいか」

「酔っぱらっていた、でしょう？」セスが言った。「いいですか、警視。何かを隠しているなら教えてくれませんか？　もう遅いし、みんな当惑しています。あなたはぼくを尾行し、次にエリーゼのあとをつけた。部下の一人に飲み物をおごったこともありますよ。ぼくたちの行動に興味があるなら、忠実なる影のオスカーが話してくれるでしょう」

デイヴィスは下の歯で口髭を梳いた。「きみとミス・スプレイグは今夜、地下鉄でうまくわれわれの影をまいてくれたな。ドアを出入りする歩き方から見て、二人ともきっとミステリーファンなんだろう」

「デイヴィス！」コートニーが声を上げた。「この青年は休暇中なんだ。ささやかな楽しみすらも認められないのか？」

「そんなことはありませんよ」警視が真面目な声で答える。「われわれはいま、ふざけ回っている人物――くだらないユーモア精神に満ちた人物を追っているんです。そいつはバルコニーや窓から人々を突き落とした。まったく笑わせますよ！」

「ニューヨーク市警は、ハドフィールド氏とドクセンビーの死が自殺だったと発表しましたね」コートニーの唇が引き締まる。「あなたを心変わりさせた何かがあったんですか？」

「どんな心変わりです？」デイヴィスが問い返す。「わたしはこの一週間、毎日きれいな下着をはいていますよ」折れた爪楊枝を床に吐き出す。「われわれの影を地下鉄で振り払ったあと、きみたちはどこに行ったんだ、少尉？」

「ダウンタウンです」セスの手を握る指に力を込めながら、エリーゼが答えた。「言ってあげて、セス。遅かれ早かれわかってしまうんだから」

「そう」デイヴィスが先を促す。「遅かれ早かれね。きみたちはダウンタウンに行った。そのあとは?」

「タクシーに乗りました」

「ちょっと待って、セス」ジュリアが割り込む。「この質問には何か理由があるはずよ。息子が答える前に、その理由を知る権利があると思うんですけど。そうよね、フィル?」

コートニーは言葉を選びながら答えた。「おそらく。セスのアドバイザーとして、われわれがその理由を知るまで、彼は何も言うべきではないと思う」

そのとき、部屋の隅からもつれるような声が聞こえた。「警備員のダン・オヘアが死んだんです」と、ダンカン・マクレーンが言った。

「なんてことだ!」セスが声を上げる。

「ひどく眠くてね」マクレーンは言った。「本当のことを話してほしい、セス。いまのところはそうするのが一番だ」

「その通り」デイヴィスが続ける。「いいかね、お若いの。きみは最悪の夜を選んで鉱山信託基金ビルを訪れてしまったんだ」

「オヘアに何があったんです?」セスはエリーゼの手を優しく振りほどいた。

「何も言わないほうがいい」突如決心したように、コートニーがアドバイスした。

「いい加減にしろ!」デイヴィスが怒鳴りつける。「何もかも話さないと、わたしはこの青年をいますぐ刑務所に叩き込む。あんたは古びた法律知識を駆使して、こいつを出してやればいい。もううんざりだ。ブレイク・ハドフィールドは、こいつがあのビルにいるとき殺された。ドクセンビーが殺された金曜の夜も、自宅にいたと思われる。そのとき、われわれの影をまかなかったとどうして言い切れる？　そして今夜」そこで、頂点に達したロケットのように落ち着きを取り戻した。「わたしの質問に答えたほうがいいぞ、セス」

「もちろんです」セスの若々しい顔が悲しげに歪んだ。「お訊きください。お答えしますから」

「なぜわれわれの影をまいた？」

「どこに行くか知られたくなかったからですよ。当然でしょう？　疑わしく見られかねませんからね」

デイヴィスが呟く。「いまはどう見えていると思ってるのかね？　ダウンタウンで地下鉄を降りて、タクシーを拾ったんだな？」

「ええ」

「どこへ？」

「チェンバース・ストリートです」

「なぜ？　鉱山信託基金ビルは近くだろうに」

「みぞれがひどかったからです。エリーゼにはタクシーで待っててもらいました」

警部は丁寧に言った。「外で待っていてくれますか、ミス・スプレイグ？　個別に確認したほうが時間を節約できるので」

「わかりました」彼女がそう言ってオフィスから出たあと、警官がドアを閉めた。

デイヴィスが続ける。「鉱山信託基金ビルに着いたのは何時だった？」

「十時三十分ごろだったと思います」セスはいっそう穏やかに答え、視線をマクレーンのそばの犬に向けた。

「確かめなかったのか？」

「ええ。ですが、そんなに経っていたとは思えません。フィルと母をアパートメントに残して出かけたのが十時ちょっと前ですから」

「この二人は、きみたちがどこに向かったか知っていたのか？」

セスは躊躇った。

ジュリアが代わりに答える。「ダウンタウンに行くようアドバイスしたのはわたしなんです」

デイヴィスがさらにたたみかける。「理由を教えてくださいますか？」

「それは答えかねます」ジュリアは反抗するかのように顎を反らして答えた。

「もちろん、重要なことじゃありませんが」デイヴィスが先を続ける。「三人が死に至った原因を突き止めようとしているんですよ」

「四人です」マクレーンが口を挟む。

「そう」デイヴィスが言い直した。「四人だ」

「これが関係あるとは思えませんね」ジュリアは何かを決意したようにため息を漏らした。

警視は肩をすくめ、セスに向き直った。「十時三十分すぎと言ったね？」

「ええ。そのあたりです」

「ベルは鳴らした？」

「はい」

「そして、オヘアが出た?」

「いいえ」

「そうか。つまり、中には入らなかったんだな?」警視は親指と人差し指で髭をひねった。

「そうじゃありません。何度かベルを鳴らしてから、オヘアは巡回中だと判断したんです。さっきも言った通り外はみぞれでしたから、鍵を開けて中に入ったんです」

「その鍵をどこで手に入れた?」

「エリーゼの鍵を使いました」

「ふうむ!」デイヴィスは声を上げ、髭を元通りにした。「こんな夜に、若い女性をダウンタウンに連れ出すなんてな。家に残そうとは考えなかったのか?」

「来ると言い張ったんですよ」

「どうして?」

「ぼくが一人で行っても、オヘアが中に入れるのを断るだろうと考えたんです」

「セス」ダンカン・マクレーンが割り込んだ。「誰も入れてはいけないとオヘアが命令されていることを、エリーゼは特に言っていただろうか?」

「ええ、マクレーン大尉。そこで働いている人間と一緒でない限り、中には入れないと言っていました」

「ありがとう」礼を述べ、再び椅子に身をもたせた。

「つまり、中に入るまでオヘアの姿は見なかったんだな?」デイヴィスが慇懃な攻撃を再開する。

「そのときは見ませんでした」

「それを信じてもらえると思ってるのか?」厳格そのものの口調だ。

「ご自分の信じたいことを信じればいいでしょう」セスが言い返す。「ぼくは真実を話しています。ですが、彼とは話をしました」

「だが、見てはいないんだな?」

「そう言おうとしているんですよ、警視。オヘアはバルコニーで声を上げました。『誰だ、そこにいるのは?』と。なので、父のオフィスに行きたいと告げたんです」

「理由を訊かれたか?」

「いいえ」セスは断乎として首を振った。「ぼくは、ミス・スプレイグが外のタクシーで待っていると言ったんです」

「それから?」

「巡回が終わるまで待つか、それがいやなら自分で行けと言われたので、階段を登りました。エレベータはどちらも一階にはありませんでした」

マクレーンが背を伸ばして訊いた。「それがオヘアだと断言できる?」

セスは疑わしげに答えた。「それは——いいえ。見上げても姿はよく見えませんでしたから。ロビーの中央に大型の電球が一個ぶら下がっているだけですからね。目がくらんでしまうんですよ」

「オヘアの声を聞いたことは何回あるだろうか?」

「一回だけだったと思います。父と最後に会った先週の月曜日に」

「そのとき、彼がきみに何を訊いたか憶えているだろうか? つまり、入口にやってきて最初に訊かれたことを」

セスは一瞬考えた。「何か訊かれたとは思いませんね。いささか酔っていましたから」

「中に入れてもらうため、父上はオヘアに説明しなければならなかっただろうか？」

セスは再び考え込んでから答えた。「ええ。言われて気づきましたが、そうだと思います。父を入れるには許可が要るとか言っていました」

「その許可を父上はどこで手に入れたんだろう？」

「わかりませんね。どこかで手に入れたのなら、それはビルへ入ったあとに違いありません」

ドレイストが落ち着かなげに動くので、マクレーンは宥めるように声をかけた。「お座り！」そして、「きみに声をかけたとき、オヘアは何階にいたと思う？」

「六階でしょうね。当てずっぽうですが。上に登る途中、エレベータがそこにあったんです。記憶が間違ってなければ、下りるときもそこにあったと思いますよ」

「デイヴィス、面白いと思いませんか？」マクレーンが言った。「この十年間で初めて、巡回中のオヘアは偶数階にエレベータを止めたんですよ」

「それは何を意味するんだ？」デイヴィスが尋ねる。

「セスが今夜聞いたという声は、オヘアのものじゃなかったんです」

オフィスが沈黙に包まれた。警視は椅子にもたれ、ごく静かに訊いた。「今夜、父上の金庫から何を持ち出したんだ？」

「何も」セスが反抗的に答える。「何もありませんでしたから」

「じゃあ、何を探していた？」

コートニーが割り込む。「セスはわたしのアドバイスに従って、個人的な書類がないかどうか確かめたんです。それらは――」

そのとき、マクレーンが立ち上がって背を伸ばした。「デイヴィス、もう終わりにして帰宅しましょう」

そしてコートニーを向く。「警察はすべて知っていますよ、ミスター・コートニー。セスが真実を語っていることも知っています。彼は地下鉄で影をまいただけなんですからね。ミス・スプレイグが待っていますよ」

「まったく」デイヴィスが不満そうに声を上げる。「まだ終わっとらんぞ！」

「いや、わたしはもう十分です。そんなにエネルギーを無駄遣いしないほうがいい。いずれ必要になるんですから。わたしは犯人の名を教えると約束しましたが、あなたにはそれ以上のことが要る。犯人を死刑台に送る証拠がね。いまは、机の上にある養子縁組の書類を彼に渡して帰宅しましょう。それこそが、残されたメモにブレイク・ハドフィールドが書こうとしていたことなんです。あの夜、セスを連れてきたのもそのためなんですよ。あなたは今日までそれについて口を閉ざしていましたが、何も得るところはなかったでしょう」

4

月曜日の朝を迎えると、昨夜のみぞれはようやく決心を固めたらしく、雪ではなく冷たく染みわたるような雨に姿を変えていた。

マクレーンは遅くまで寝ていて、カッポがオフィスへ朝食を持ってきたときにはもう正午近かった。マクレーンには見えないものの、気まぐれな天候は彼に強い影響を与えていた。厚い絹のガウンにくるまりながら、トレイに並ぶ他の料理には目もくれずコーヒーを飲む。

三杯目を飲んでようやく気分が落ち着いた。ボタンを押して蓄音機の音楽を鳴らし、煙草に火を点け、カッポを呼んでトレイを下げさせた。

音楽が気に入らない。別のレコードに変えても耳に違和感が残る。調和がとれておらず、なんだか調子外れに聞こえるのだ。

おそらく、調子外れなのは音楽ではなくて自分のほうだろう。苛立たしげに蓄音機のスイッチを切り、引き出しからジグソーパズルを取り出す。しばらくするとシュナックがそばに寄ってきて、膝に鼻を擦りつけた。マクレーンは鼻先の少し上を撫でながら声をかけた。「なあ、結婚なんて不愉快だよな?」返事がなかったので、マクレーンは伏せるように命じた。

角度と匂い、それに音だけの無色の世界――スパッドの声の暖かさ、膝に乗った犬の頭の手触り、バラやコーヒー、香水の匂い、上質な葉巻の嚙み心地、春の深夜におけるニューヨークの静けさ、絶え間ない怒号によって破られる静けさ。

そして危険。差し迫った災難。目の見える人間との知恵比べ。それに勝つことは、目の見えない人間にとって勝利の美酒であり、目の見える人間よりも自分が優れているという証拠なのだ……。

「あなたは犬と結婚してるのね」と、サイベラは言っていた。

「悪く言うつもりはないんですが、ハドフィールドは撃たれて目が見えなくなった。目の見えない人間は多くの同情を惹きますからね」これはローソンの言葉だ。

「あなたは目が見えないが、他人が見過ごしたことに注目する」アーチャーはそう言っていた。そしてスパッド。スパッドは信頼できる男だ。「きみは人生で初めての危機に陥っている。人は頭脳で生きているが、恋に落ちた人間の頭脳が澄んでいるとは言えない。ニューヨーク市警をも翻弄した殺人犯を、きみは相手にしているんだ……」

「どいつもこいつもいい加減にしろ！」ダンカン・マクレーンは大声を上げ、パズルのど真ん中に拳を叩きつけた。しかし雷鳴のようなその激情は湧き上がったときと同じく突然消え、マクレーンの顔が危険な表情を帯びた。

大声に驚いたのか、シュナックが立ち上がって震えている。「お座り、いい子だから」と、優しく声をかけた。「これから不可能を実行するつもりだ——恋に落ちても、明晰な頭脳を保ち続けることを」

音楽が調子外れだったように、みんな間違っている。デイヴィスとアーチャーとダンカン・マクレーンは、鉱山信託基金のまわりで連続殺人事件をでっち上げようとしていたのだ。基礎からして間違っていたのである。

マクレーンは握っていたパズルのピースを放して別のを手にとり、そして置いた。素早く手を動かしながら、周囲にピースを並べる基礎を作ってゆく。

スプレイグ、ハドフィールド、ダン・オヘア。たまたま三人とも同じビルで死を迎えたが、T・アレン・ドクセンビーは自分のアパートから転落した。そして、ドクセンビーこそが一連の殺人における重要な環の一つなのだ。ドクセンビーと鉱山信託基金の関わりは何か？

「まったく関係ない」マクレーンは呟き、基礎となるピースを置いた。

スプレイグが殺人の原因である。ジェイムズ・スプレイグ・アンド・カンパニーなる投資会社の社長にして、第一の被害者。彼は知らぬ間に、自分を含む四人の男を殺したのだ。

なぜか?

起訴されていて、刑務所行きが迫っていたからだ。

マクレーンは別のピースをはめ、考え込みながらそれを軽く叩いた。ジェイムズ・スプレイグは友人のブレイク・ハドフィールドに対し、自分の冤罪を証明しようとした。

どうやってそれを証明できるのか?

方法はただ一つ。本当の罪人を暴露することだ。それは決して、決してうまくいかない! そんなことを証明する前に、ジェイムズ・スプレイグは消されてしまうだろう。

「まったく!」マクレーンは声を上げ、ピースをから手を放した。スプレイグを殺した人間が、自分自身も自殺を試み、失敗したとしたら? 見えないままでパズルを組み立てると、全体が逆さまになることがあるではないか!

セスはハドフィールドの息子ではないものの、ジェイムズ・スプレイグを殺し、養父の目を見えなくさせた犯人でないことは確かだ。当時、セスはせいぜい十四か五といったところだろう。

マクレーンは椅子に背をもたせ、首の後ろで手を組んだ。一年ほど前、コネチカット州ハートフォードの警察官に、彼はこう言ったことがある。「犯罪史上最悪の殺人事件は、十二歳の少年によって引き起こされたんだ」

ぐいと身を起こし、再びパズルに戻る。思考が基礎から外れ、いくつかの巧みなトリックに迷い込んでいた。消えた小銭と万年筆。そして換気シャフトから落ちてきたスコッチの瓶。

タイムレコーダーは、自分があると言った場所、つまりエレベータシャフトの底で発見された。マクレーンは手のひらを見えない目に押しつけた。いつだったか、ニューヨーク地下鉄に隠された、盗まれた財産の正確な場所を突き止めたことがある。また、ドンカスター・ハウス・ホテルのバルコニーから人が吊されたという事件の際に用いられた、殺人の方法を見出してもいる。そしていま、誰かが人々を死に突き落としている。何を用いて？　万年筆？　水晶の文鎮？　スコッチの瓶？　麻紐の束？

あるいは、もっと深い何かがあるのだろうか？　こんな子供じみた凶器よりもはるかに複雑な何かが？　その答えは、少年のなぞなぞよりも難しい——知恵の輪を解き、再び繋げるようなものだ。手の中にあるのに、どうしても解けない。

いかなる恐ろしい策略をもってすれば、大の人間を恐怖の悲鳴とともにキッチンの窓から飛び降りさせることができるのか？　ダン・オヘアのような頑強な人間にあの悲鳴を上げさせ、下のロビーへ飛び込ませたのは、地獄の底から掘り出した悪魔の計略に他ならない。

調べ、試みる。試み、調べる。マクレーンは、自分が転落しつつあるかのような錯覚に陥っていた。見つからない答えのために、心をすり減らしているのは間違いない。

電話が鳴って、デイヴィス警視の来訪を聞いたときは嬉しかったが、オフィスへ入るなり警視はこう言った。「タイムレコーダーを見つけたら犯人の名前を教えるという約束だったな？　見つけたぞ。さあ、教えてもらおうか」

「まあ、おかけなさい」と軽くいなし、脇の引き出しを開ける。中から取り出したのは中央に穴のあいた小さな紙の円盤で、それをデイヴィスに渡した。パイのように黒い直線で区切られており、線と線のあいだにはいくつかの細かな数字が印字されていた。線と数字の組み合わせで、オヘアがタイムレコーダーに鍵を差し込み、パンチした時間がわかるというわけだ。

「それで?」警視は眉を吊り上げた。

「九時以降はどこも回っていないんですよ。巡回には四十分かかります。つまり、九時四十分よりあとでオヘアに何があったか、わからないんです」

「それは」と、デイヴィスが答える。「すでに突き止めたよ。十時十分、セス・ハドフィールドに返事をしたとき、彼は上の階でいったい何をしていたのか?」

「十時三十分でしょう?」マクレーンが指摘する。

デイヴィスは唇を引き締めて続ける。「そうだったか? あのせがれが嘘をついたんだよ。十時五分過ぎにあいつを鉱山信託基金ビルの前で降ろしたタクシーを、ようやく突き止めたのさ。運転手によれば、再び出てくるまで十五分かかったらしい」

「核心に入りましょう、デイヴィス」マクレーンは嬉しげな笑みを浮かべて言った。「あなたを助けるためならいくらでも骨を折りますが、物事を秘密にしていたらそれも無理ですよ。養子の件だって、昨日あなたから聞くまで知りませんでした。タイムレコーダーのカードを渡してくれたのも二時間前でしたよね」

「マクレーン、ダン・オヘア殺しのせいでみんな気が立っているんだ」

「それが心配だったんですよ」マクレーンが続ける。「疑惑の渦中にあり、つまらない脅迫を受けている投資会社の社長が被害者であればそんなに憤ることはない。しかし、オヘアのような善良な人間が殺されたとなると――どんな思いかはわかりますよ。あなたはセスに容疑を向けているんですよね。教えてください」

「あいつと婚約者だ」デイヴィスは机の縁に腰かけ、黒い短髪に指を走らせるマクレーンの姿を見た。

「動機は？」

「いくつかある。金もその一つだ。ブレイク・ハドフィールドがスプレイグを殺し、そのあとで自殺を試みたが、結局視力を失っただけに終わった、という可能性があることは認めるか？」

マクレーンは指を組み合わせて答えた。「それからスプレイグの遺体のそばへ行き、注意深く銃を握らせた。そして、目が見えないまま机に戻り、椅子に座って倒れ込んだ」

「そうじゃない！」デイヴィスが続ける。「おれだって何が不可能で何が可能かくらいはわかる。ハドフィールドの息子がそこにいて、一部始終を見たんだ。さらに、あいつのいわゆる母親も、あいつがいなかったことを証明できないときている。六年前のあの夜は映画を見に行っていたそうだ」

「それは面白い。つまり、セスはそこにいた。なぜです？」

「先週の月曜日の夜と同じで、たまたまハドフィールドに会いに行ったんだよ。そして、そのことを母親に知られたくなかった。ブレイク・ハドフィールドは鉱山信託基金ビルでスプレイグと面会し、息子も呼んでいた。息子は銃撃を見ていて、スプレイグにその銃を持たせたのさ」

「ドクセンビーは？」と、ゆっくりした口調で問い詰める。

「奴もそこにいたんだ。あいつは弁護士だからな。スプレイグが窮地から脱するためにドクセンビーを雇ったと、おれは立証するつもりだ。ドクセンビーは、息子がスプレイグに銃を握らせるのを見た。そしてグラスを持ち去り、そこにおまえの指紋が残っていると言って、息子を脅迫した。スプレイグに銃を握らせたのはセスではなく、ドクセンビーだったという可能性もある。結果は同じだからな」

「そうかもしれませんね。いまのところは」

「まだ続けようか?」

「ええ、残りも聞きたいですね。例えば月曜の夜のことなんかを」

「息子は酔った勢いで養父を突き落とした。そこにいたのがあいつだけだったことは、きみも認めざるを得ないだろう。動機は金──それに、婚約者の父親を破滅させ、命を奪った人間に対する復讐」

マクレーンは何も言わなかったが、細い顎がぴくぴくと動いている。

「ドクセンビーの殺害に話を移そう」と、デイヴィスが続ける。

だが、マクレーンはそれを遮った。「あなたはこの二人を尾行していたんでしょう?」

「ドクセンビーが殺された夜、二人は映画を見に出かけていた。そこから抜け出し、戻ってきたことも考えられる。あるいは婚約者を映画館に残し、セスだけが抜け出したのかもしれない」

「なぜ?」

「再び脅迫を受けたからさ」

「セスがオヘアを殺したのはなぜです?」

デイヴィスは勝ち誇るかのように言った。「六年前、自分がそこにいたことを知る、唯一の生き残りだったからだ」

マクレーンは深く息を吸い、ため息のように吐き出した「署長もドクセンビーの死を自殺だったとしているんですよ? セスはどうやってあのアパートメントから脱出したんです? あなたが発していた疑問をそのまま返しますよ。彼はスーパーマンなんですか?」

「養父殺しの疑いでセスを逮捕するつもりだ」その声は氷のように冷たかった。「あいつがそこにいたことは立証できる」

マクレーンは手を伸ばし、警視の膝に触れた。「鉱山信託基金ビルにはいま誰がいます？」

「誰もいない。もう一度捜索するためにいまは封鎖しているところだ」

「緊急班を呼び出してもらえませんか？　してもらいたいことがあるんですよ」

「なんだ、それは？」警視が疑わしげな声で訊いた。

「八階の照明を除き、すべての明かりを消してください」マクレーンが答える。「この事件を解決する唯一の方法ははったりなんです。危険は覚悟の上ですよ！」

第8章

1

明るい昼間であろうと、あるいは星の瞬く夜であろうと、ダンカン・マクレーンにとっては決して闇ではなかった。闇というものは光のない状態で、結果として何も見えないことにつながるが、マクレーンの世界はそもそも漆黒に塗りつぶされている。彼は指、鼻、耳、舌、そして記憶された数字によってそれを見る——つまり、過去に数えた歩数だ。こうした世界では、夜明けと日暮れのあいだになんの違いもなく、時計が示す時刻は単なる数字に過ぎず、薄暗がりというものも存在しない。

昼夜を問わず、あるいは明かりが点いているか否かを問わず、マクレーンは常に有能だった。数名の男と一人の女性が、その能力を見誤ったために死を迎えている。目の見えない人間が、長年の訓練で培った強い意志に導かれ、目の見える人間よりも強力な戦闘マシーンになれるとは、普通の人間にとって理解しがたいことだろう。

目の見える一般人を悩ます錯乱状態に、マクレーンが陥ることはなかった。木々の緑や空の雲、壁に止まる蝿などに邪魔されないその集中力は完璧と言っていい。普通の人間は集中するために目を閉じるものだが、マクレーンの目は常に閉じられている。

シュナックには目があるが、闇の中では普通の人間と同じく無力である。だがマクレーンはそこで本領を発揮する。目の見える人間が手探りで進む一方、ダンカン・マクレーンには見えているのだ。

マクレーンはなんの変哲もない物事から心の中に映像を作り出す。それは多くのパーツから成っていた——行方不明の万年筆と小銭、下りたままのベネチアンブラインド、瑪瑙の土台に水晶が乗った文鎮、スコッチの瓶、夫がエレベータシャフトを落ちたというジュリア・ハドフィールドの幻想、ダン・オヘアが巡回中に持ち歩く重い円形のタイムレコーダー。

マクレーンは巧みな注意力をもってそれらをつなぎ合わせ、前後にひっくり返してみたが、答えは芳しいものではなかった。その答えは死——無音の時限爆弾による立証不可能な死だった。破滅へと向かう犠牲者の悲鳴が、その爆弾を不意に作動させる。犠牲者のみならず、一切の痕跡を消し去る時限爆弾だ。

発明した人物を捕らえるだけでは不十分だろう。爆弾の機能を詳細にわたって突き止めるという、より大きな仕事がある。自らの頭脳をもって世界に挑戦状を叩きつける、マッドサイエンティストの仕業ではない。法廷の退屈な仕事をつぶさに観察し、あまりに単純でありながら完璧なため、決して電気椅子送りになることのない殺人の方法を編み出したか、偶然にもそれに突き当たった人間の仕業である。

完璧な殺人の方法は一つしかない——痕跡を一切残さず、それと同時に水も漏らさぬ鉄壁のアリバイをもたらす殺人だ。

自分の描いた映像に間違いがなければ、この事件こそがまさにそれである。解決に導くのが自分に課せられた使命だが、チャンスは一度しかない。目が見えないために見くびられるという可能性に賭けるのだ。

失敗に終わったときのために、自説の要約をレコードに吹き込んである。だがそれとても証拠とはなり得ない。自分が間違っていればどうにもならない。

マクレーンは時報のボタンを押した。

「十時四十五分ちょうどをお知らせします」

午後のあいだじゅうずっとそれを確かめ、夜になっても再確認した。そして、再び確かめる時間がやってきた。マクレーンは受話器に手を伸ばした。

「デイヴィス?」

「ああ」

「すべて準備できましたか?」

「大丈夫だ」一瞬の間。「マクレーン、まったく馬鹿げてるぞ」

「いいですか、ラリー。わたしに言えることは一つしかありません。三十分以内にドレイストを連れてそこへ行きます。あのドアに見張りなんかを置いたら、わたしの命がなくなるんですよ。冗談じゃありませんからね。わたしの指示に従えば危害を加えられることはないでしょうし、あなたもまさに人殺しをしようとしている犯人を捕らえられる。しかし、変な気を起こしてわたしを守ろうとすれば――なんの証拠も得られないし、わたしは別の方法で殺されるまでです」

「自分が何をしているのか、わかっているんだろうな?」

「そうであればいいんですがね。ところで、今日の午後ジュリア・ハドフィールドに電話をかけて、居間のテーブルにある時計の時間を訊いたんですよ。二十分進んでいました。ときにはそれ以上に進んでいたかもしれません。あの時計は進むんですよ。これを指摘せねばならないのは残念ですが」

「わたしもそうだ」デイヴィスが受話器へさらに口を近づけて言った。「しかし、昨夜セス・ハドフィールドが婚約者を連れてダウンタウンへ向かったあと、コートニーはまっすぐ帰宅したんだぞ。そう言っているだけかもしれんが」

「あと二時間で」マクレーンが答える。「わかりますよ」

受話器を置いたあと、引き出しから円筒形のチューブを取り出し、唇に当てて吹く。音こそしないが、ドアの近くで伏せっていたドレイストがそれを聞きつけ立ち上がった。そしてマクレーンが座る椅子のそばで足を止め、尖った耳を不思議そうにぴんと立てながら、飼い主を見上げた。

マクレーンはくさびにも似たドレイストの頭に触れた。「聞こえるな?」と、穏やかに声をかける。「これを聞いたらすぐに駆けつけるんだぞ」

室内へ入ってきたレナに、ドレイストはうなり声を上げた。マクレーンが「お座り」と鋭く命じる。

「大尉」レナはきっぱりと言った。「行かないほうがいいと思います。スパッドが戻ってくる来週末まで待ってはどうですか?」

「そのときまで生き延びていたとしても、どうしようもないんだ。邪魔されなければ大丈夫だよ、レナ。ドレイストを連れて行く。それにこれもな」そう言って笛を掲げた。

「まだわからないんですけど」レナが眉をひそめる。「音がしないのにどうやって聞き分けるんです?」

「心配しなくていいよ」マクレーンは告げた。「人間の耳には聞こえないが、犬には聞こえる高周波を出すんだ。今日の午後こいつを鉱山信託基金ビルに連れて行って、どこにいてもこれを聞き取れるかどうか確かめた。ロビーから九階に吹いても大丈夫だったよ。さて、下のドアマンに電話してタクシーを呼んでもらってくれ。それから帽子とコートを」

「銃は？」

「持っている」そう言って肩のホルスターを叩いた。

「シュナックは？」

「連れて行かない。いまあのビルは、八階以外は暗いんでね。だから、今夜は自分で進路を見つけなければならない。シュナックだって何も見えないだろうから、いつの間にか道路に出ているかもしれないな」

「戻ってきてくださいね」コートを持ちながら、レナが言った。

「いつも戻ってきてるじゃないか」


中にいようと外にいようと、ダンカン・マクレーンに闇は存在しない。

エリーゼ・スプレイグに借りた鍵でドアを開けるマクレーンの手つきは、駅の発車係の挙手同様しっかりしていた。そして長身を屈め、開いたドアから中に入る。

「見張りだ、ドレイスト！」

小さなドアが閉まり、カチャッと音を立てる。ビルの中は寒々としていた。スチーム暖房が切られているとき、オヘアが小部屋を暖めるために使っていた小型のオイルストーブも、今夜は点いていない。

階段を十一段登り、向きを変えてさらに十一段登る。二階に着き、再び歩く向きを変える。バルコニーの上を十五歩進むと別の階段があった。そこから先は簡単である――階段を二十二歩、そしてバルコニーの上を十五歩。それ以上でも以下でもない。

八階は少々違っていた。そこでは右ではなく左へ曲がり、手すりを頼りに先へ進む。十九歩進んだところで手すりから離れて左を向くと、両開きのドアがあった。

だが手すりから離れる前に、立ち止まって耳を澄ます。自分が正しければ、このビルには他にも誰かいるはずだ。音もなくじっと潜み、目の見えない男がこんな夜更けに何をしているかを見張り、消えている照明に呪いの言葉を吐き捨てている誰か。ハドフィールドのオフィスの明かりが点いたら、そいつは驚き、喜び、そしてかすかな疑惑を抱くだろう。

自分はいま、たいまつの明かりの中にいるのかもしれない。それは見ることも感じることもできない。この瞬間も顔の上をさっと通り過ぎ、全身を観察したあと、手すりへと移動していることだって考えられる。だがそんなはずはない。懐中電灯のスイッチを入れる音も、針が落ちるほどのかすかな音も、人間の息遣いさえも聞こえないのだから。その人物はドアの後ろのどこかに隠れている。いったん見張りについたドレイストが、このビルへ誰も入れないことを知りつつ、前に進み出て待機しているのだ。

バルコニーを三歩で横切り、フックがかけられ開けっ放しになったドアをくぐる。なぜフックがかけられているのか？　廊下からなら重いドアでも簡単に開けられるだろうに。

呼吸が荒くなり、自分自身にのしかかる。バルコニーの上のドームは外に通じていて、頭上には天井が広がっている。そのために呼吸がいっそう大きく響くのだが、近くに誰か立っていれば、そいつの呼吸も聞こえるはずだ。

六歩先へ進み、こちらもフックで開けっ放しになっている、オフィスのドアをくぐる。まったく手の込んだことだ。笛を吹けば、階下のホールで待っているドレイストの耳にすぐ入るだろう。

いまは思い出さなければならない。ここには机やファイル棚があって、シュナックがいないいま、自分にはパターンが必要なのだ。三歩進んで曲がり、手を触れる。さらに十一歩進んでオフィスの壁にぶちあたった。

照明だ！

スイッチを入れ、電球が暖まるかどうかを手で触れて確かめる。ダンカン・マクレーンに闇など存在しない。光！　潜んでいる人物のための光。廊下を音もなく歩いていると思い込んでいる殺人犯のための光。

机の端に銃を置いた。

まずは狭いビュッフェから始める。それは引き出しの中にも、棚の中にもなかった。引き出しを抜き取り、裏側まで調べる。手を伸ばして感じようとする。だが、そこには何もなかった。

テーブルを調べよう。そこには二つの引き出しがあった。目の見えない人間にしてはよく探している。それを見つけさえすれば、何を探しているかが明らかになるだろう。

次に部屋の隅に置かれた地球儀。もちろん何もない。長椅子のクッションの下。そしてすべての椅子のクッションを持ち上げてみる。

ハドフィールドの机。まずは右側の引き出し、そして中央。中央の引き出しの裏側でカサカサ鳴る音はいったいなんだろう？　紙の音だ。それを抜き取ってみんなが見える場所に置けば、こう書かれているのがわかるはずだ。

ジェイムズ・スプレイグがわたしへ打ち明けたことに関する、
ブレイク・ハドフィールドの証言

誰かがいる。笛を吹け！

銃に手を伸ばす時間だ。机の端にあるはずの銃。いまはそこにない銃——ドレイストが階段を駆け上がる中、その銃は犯人の手に握られていた。

銃身がマクレーンの頭に振り落とされると、活発に機能していた頭脳にいくつもの星が瞬いた。ダンカン・マクレーンは気を失ったが、机の後ろのカーテンをくぐり、うなり声を上げながら飛びかかってくる攻撃者に銃口を向けようとするベントレーを、ドレイストが捕らえた。

床に倒れ込んだほうが死を迎える。ミスター・ベントレー！　あのままじっとしていればよかったものを。ドレイストに銃を見せてはならないのだ。

だが、ダンカン・マクレーンは闇の中にいた。

2

光のない世界において、唯一の闇は頭脳を覆う闇である。目の見えない人間は起きるとまず考えるものであり、強烈な朝の日光に眠たげな目を瞬かせることはない。ダンカン・マクレーンにとって、目覚めの瞬間は身体を動かす時間ではなく、むしろ休める時間なのだ。まずは自分がどこにいるかを思い出さねばならない。ぼんやりと横たわりながら、心の感受性を目覚めさせる。自分のベッドにいるなら、シーツやベッドカバーの肌触りに覚えがあるはずだ。頬に触れる枕の滑らかさは、旧友の手を握るのと同じくらい心地よいものだ。

次に耳を澄ませる。何も聞こえなければまだ朝を迎えておらず、身体を休めてもう少し眠る。朝は音と匂いをもたらす――開け放たれた窓から飛び込んでくる、ますます数を増やす車の音、サラ・マーシュがキッチンで料理の腕を振るうフライパンの静かな音、そして心浮き立たせる卵とコーヒーの香り。自分は家に戻っていて、一日が再び始まっていた。

傷を受けた身体機能が戻って最初に感じたのは、ひどい痛みだった。それは頭のあたりに集中し、すべてを覆い隠すような疼痛《とうつう》が記憶を一瞬曇らせた。マクレーンは無意識のうちに片手で頭を抑えようとしたものの、ある種の拘束具が腕に巻かれているのを知った。ほとんどの人間ならここであがくところだが、はっきりしつつある意識に赤信号が点滅し、マクレーンに警告を与え始めた。

完全に目が覚めてみると、あたりの環境にはまったく馴染みがなく、身体も不自然な体勢だった。こうした状況で動くのは危険極まりない。安全を確保する唯一の方法は、そのまま横たわって周囲を注意深く観察しつつ、完全に身体を静止させるという、さらに難しい行為を続けることだった。

硬くて柔軟性のない何かが腰のあたりに押しつけられ、ベルトのバックルがみぞおちに食い込んでいる。吐き気が込み上げ、数秒のあいだ、人生そのものが靄《もや》のかかったフィルムによってぼやけた感じがした。ただ一つの考えが心の底にこびりつき、すべてを支配していた。

じっとしていなければならない。

その考えが気まぐれな思いつきの結果とは思われなかった。ともかく、腕は動かせない。もし身動きできないなら、動こうとしないことがどうしてそんなに重要なのか？

踊り狂う赤い点の波がマクレーンを飲み込む。強烈な意志を残らず振り絞り、それを追い出そうとする。赤い点が消えゆくにつれ、思考能力が戻りつつあることに気づいた——最初はそれほどでもなかったが、何かがどこかで狂ったことを思い出すには十分だ。

考え抜かれた計画がどこかで狂った。そしていまは、この場でじっとしていなければならない。

七色の衣をまとう踊り子のように、思考がいっそう鮮やかになってゆく。オフィスにいる男と、階下で待機していた犬。もはや疑問の余地はない。腕を縛られ、胴体が痛み、頭がズキズキと割れそうになっているこの身体は、紛れもなく自分自身のものだ。自分が誰で、どこにいるのかもわかる。かつて二人の男が吊された手すりにいま吊されているのは、疑問の余地なくこの自分、ダンカン・マクレーン大尉だ。

詩が頭に浮かぶ——

恋する男の脳が決して晴れることはない！
そいつ《He's》は警察全体を愚弄した！

計画に間違いがあったのと同様、その韻律もおかしかった。数字で生きている男にとっては完全性だけに意味がある。マクレーンは二行目の短縮形「He's」を「He has」と置き換えることで、その詩を正した。

いや、愚弄されたのは警察だけじゃない。この自分、ダンカン・マクレーンも愚弄され、両腕を縛られ、バルコニーの手すりに吊されている。

人間というのは、どれだけ長くこうして吊されていることに耐えられるのだろうか？　耳を澄ます。だが何に対して？

息をしている誰かだ。

そうに決まっている。ずいぶん前から続いていて、規則的に息を吸ったり吐いたりしているが、普通よりも大きく聞こえる。本当にそうなのか？　気分が悪いと、音というものは人を騙すものだ。

それに、じっとしていることになんの意味がある？　自分がどこにいるかわかったあととなっては、行動こそが答えなのだ。

マクレーンは慎重に片方の脚を動かした。それが自由に動くことを確かめると、もう一つの脚も試してみる。そちらも自由だった。

答えは単純だった。手すりに縛られているのなら、片方の足を伸ばせば床に突き当たるはずである。足が床につけば、腕のいましめを解いて立ち上がることができる。

片脚を一杯に伸ばしてそっと爪先を動かし、空中に円を描く。脚を戻すとき、全身を覆うような悪寒が彼を襲った。足が床に触れない。ブレイク・ハドフィールドとダン・オヘアの転落する様が、吐き気を催すほど鮮やかに脳裏へ浮かぶ。

マクレーンは動かない両腕をじっとさせながら、指先であたりを探った。手すりを支えている柱の基礎に触れ、表面が滑らかな金属の棒を全力で摑む。万力のようなその手を放すことなく、マクレーンは肘を前後に動かし始めた。

結び目が弛みだす。再び肘を動かすと、地面を這う爬虫類のように結び目がほどけ、紐が床に落ちた。その瞬間、鉱山信託基金ビルを包む淀んだ静寂が、一発の銃声によって破られた。

マクレーンは両手に全力を込めて身体を持ち上げ、手すりを乗り越えた。バルコニーの床に立つまで数秒かかる。それから片手を手すりに置いて動き始めた。数歩進んだところで別の人間に触れる。敏感なマクレーンの耳に、その規則的な呼吸が飛び込んできた。

マクレーンの手は下へ伸び、意識を失った男を手すりの柱に結びつけている、太い麻紐に触れた。バルコニーの床に沿ってのびる麻紐を踏む。次に、男の襟を摑んで上体を起こしてから、男を縛る麻紐をほどく。そして、男を手すりのこちら側へ引き寄せ、床に立たせた。

足で踏んでいる麻紐の行き先を辿るのは簡単だった。それを巻き上げながら十五歩進むと、エレベータのドアの隙間で途切れていて、先にはおもりが結ばれている。マクレーンは、獲物を水面から引き上げる釣り人のように、それをたぐり寄せた。トリガーガードから麻紐の端をほどき、ポケットに入れる。紛れもなく自分の拳銃だ。

犠牲者の頭を殴り、両足を外側に向けて手すりから吊し、麻紐で両腕を柱に縛りつける。片方の端は紐のあいだに押し込むだけである。身体を動かさない限り、紐は摩擦力のためにほどけない――ともかく、バランスは保たれるわけだ。もう一方の端にはおもりをぶら下げる。どんなものでもいい――文鎮、スコッチの瓶、警備員のタイムレコーダー、あるいは拳銃。おもりはエレベータのシャフトや別の窓から落ち、容易には発見されない場所へ麻紐を引っ張り込む。

それから先は犠牲者に任せればいい。意識を取り戻して自由になろうともがく。あとは簡単――身体を吊している紐の端は押し込まれているだけなのだから。犠牲者が立とうとすれば――そのまま下に転落する。そのころ犯人は、街のどこかへ逃げ出しているというわけだ。頭を殴ったことだって立証されはしない――床に衝突したときの傷で覆い隠されるからだ。誰に突き止められるだろう？　大きな傷に隠された小さなこぶなど、誰が発見できよう？

どうだ、わかったか？

麻紐と悲鳴で作られた時限爆弾。自分が遠くにいるあいだに、犠牲者自身が作動させる悪魔の機械。重力を使った死の罠。今回はそれが二重に用いられている――ダンカン・マクレーンともう一人の人物だ。

デイヴィスの口癖を借りれば、「面白い！」というところだろうか。

マクレーンはハドフィールドのオフィスへ急いだ。水を汲んで気絶した男を目覚めさせなければ。ファイル棚を手探りで進んでいると弱々しい鳴き声が聞こえ、恐るべき憎悪がマクレーンの顔を一瞬醜く歪めた。銃把を握る手に力を込める。

「ドレイスト！」オフィスのドアを開けて叫ぶ。

再び鳴き声が上がり、犬の手がカーペットを弱々しく撫でた。マクレーンは跪き、暖かい舌と、床に広がる生ぬるい液体を手で感じた。

ゆっくりと立ち上がり、ハドフィールドの電話に手を伸ばす。だが切られていた。バルコニーの男や角度のことなど忘れ、歩数だけを数えて歩く。

オフィスからよろめき出たところで椅子にぶつかった。それを押しのけると今度は机にぶつかる。突然の痛みのおかげで正気が戻ってきた。一歩一歩手探りで進みながらビルを横切り、交換台へ辿り着く。三度ほどプラグをつなぎ直して、ようやく警察本部が電話に出た。

デイヴィスとアーチャーは外出していた。

「いま何時だ?」マクレーンが尋ねる。

「一時二十分ですよ」

「鉱山信託基金ビルに獣医を大至急で寄越してほしい」

「ですが、マクレーン大尉!」電話口の男は疑わしげに声を上げた。「デイヴィス警視の命令は――」

「命令などくそっくらえだ!」マクレーンが叫ぶ。「わたしの犬が撃たれたんだぞ」そう言って交換台からプラグを抜き、受話器を置いた。

バルコニーでは男が呻き始めていた。

玄関ホールの化粧室にゆっくりと戻る。タオルを水に浸し、再び外に出て男のそばへ跪き、冷たく濡れたタオルを男の額へ当てた。

「静かに!」マクレーンが警告する。「まだ危険です。ここにいてください」

床に横たわる男は何も言わなかったが、呻くのをやめた。


ゆっくりと階下へ向かう。全身の筋肉が痛み、頭も相変わらず割れるようだ。人の声と小さなドアの鍵が回る音を聞いたとき、マクレーンはロビーから十一歩離れたところにある、階段の下に立っていた。

ドアが開いて男が足を踏み入れる。懐中電灯のスイッチが入る音に続き、ドアが突然バタンと閉まった。それを叩く拳の音がしたあと、デイヴィスの大声が響く。

「何をしているんだ! 中に入れろ!」

ロビーの床に立つ男は、ただひと言、「マクレーン！」とだけ言った。

「あなたは四人を殺害するだけでは足りず、今夜さらに二人を殺そうとした。しかもわたしの犬まで撃った」マクレーンが口を開く。「さて、ここで終わりです。犠牲者が思惑通り転落したかどうかを確かめるため、あなたはここに戻ってきた。あるいは、二人が転落する瞬間を見られるとでも考えたのかもしれませんね。わたしは生きていますよ。あなたがここから出られることはありません」

マクレーンは、ハンマーで殴られたかのように身を低くした。弾丸が頭上をかすめ、漆喰の壁から石灰を吹き飛ばす。最初に上がった銃声のほうへ、マクレーンは四度引金をひいた。そしてドアを開ける。

「ローソンがわたしの犬を撃ったので、射殺しました。ベントレーがバルコニーにいます。ドレイストが死ぬようなことになれば、あなたも殺しますよ」

3

ダンカン・マクレーンのペントハウスで開かれた非公式のパーティーに続いて結婚式が執り行なわれ、セスとエリーゼはどこか未知の目的地へ旅立っていった。高揚した若き士官は七日間の追加休暇という結婚祝いを受け取ったが、それは大尉の早業によってもたらされたものだった。

その日の午後遅く、フィル・コートニーとジュリア・ハドフィールド、レナ・サヴェージ、そしてマクレーンはサイベラのアパートメントに集ってカクテルを楽しんでいた。ジュリアは明るい灰色のドレスに身を包み、輝くような笑みを浮かべている。

パチパチと弾ける暖炉の火が心地よい。月曜に降った雨のあとで冬の太陽が現われたが、厳しい寒さに光ときらめきをもたらしたに過ぎなかった。

マクレーンは落ち着かなかった。シュナックとともに客間を歩き回り、窓際の厚手のカーテンに手を触れたり、指先で家具を評価したり、暖炉に乗る置き時計や壁にかかった絵を探ったりしている。

「ヴァン・ゴッホよ」二枚目の絵にマクレーンの指が移ろうとする瞬間、サイベラが言った。「さあ、カクテルができたわ。すぐそばの椅子が空いているわよ」

「ここにある絵は――」コートニーが言いかける。

サイベラがそれを遮り、「言わないであげて」と告げた。

「ありがとう、サイベラ」カクテルをすすり、そしてグラスを置きながら、マクレーンが続ける。「ミスター・コートニー、わたしは壁の額縁に手を触れ、そこに自分の絵を当てはめているんですが、ほとんどの人は理解できないんですよ。どんな絵かを説明してくださっても、わたしの頭ではちんぷんかんぷんですからね。著者が登場人物を説明しすぎるようなものです。結末にはなんの説得力もなく、登場人物がリアルに浮き上がることもない」

「よくわかるわ」ジュリアが言った。「わたしだって、トーキー映画がまた無声映画に戻ってほしいと思ってるもの。そうすれば、ふさわしいと思う会話を自分で当てはめられるでしょう」

レナが頷く。「そうですね。そのほうがいいわ」

「先週は映画の中で暮らしていた気がするよ」コートニーが笑いながら口を挟む。「しかも、これからブレイクの資産処分に取りかからなければならない。大尉、いくつか質問してよろしいですか？それともわたしをここから追い出しますか？」

「準備ができたらいつでも質問を浴びせてください」レナが言った。「大尉はなんのために自分の命を危険に晒したと思います？　真相の説明こそが、彼にとって唯一の楽しい瞬間なんですよ」

マクレーンがニヤリと笑みを浮かべる。「まったく、秘書にかなう男なんていませんね。何をお知りになりたいんです、ミスター・コートニー？」

「謙遜なさらないで、ダンカン」サイベラが口を開いた。「この殺人劇が始まって以来何が起きたのか、すべてを知りたいのよ」

「ローソンの編み出した殺害方法については、もう語る必要はありませんね？」マクレーンが思案ありげに続ける。「今日の朝刊に図解が山と掲載されていますから」

「わたしの知りたいのは」と、コートニー。「それがどのようになされたのかについて、あなたに暗示を与えたものは何か、です」

マクレーンはさらにカクテルを飲んでから答えた。「なくなった小銭と万年筆ですよ。ハドフィールドはそれを持参していたが、いずれも姿を消してしまった。セスが持っていったわけでも、ミセス・ハドフィールドあるいはダン・オヘアが持っていったわけでもなかった。ならばどこに行ったのでしょう？　同じ疑問は、ハドフィールドの机の上にあった文鎮と、途中で切られたベネチアンブラインドの紐にも当てはまります」

サイベラが口を挟む。「あなたが喜ぶなら、わたしが先を促すわ。それらはどこに行ったの？」

「警察はビルをくまなく捜索し、そこから持ち去られたと結論を下しました。しかし、エレベータシャフトの底は見逃していたんです。そんなところを探すべき理由なんてありませんからね。もし探していれば、麻紐と結び合わされたベネチアンブラインドの紐を見つけていたでしょう。さらにその麻紐には、水晶玉の土台が結ばれていたはずです」

「まったく悪魔のような賢さだ」コートニーが思わず口に出した。「ハドフィールドが転落しても、バルコニーに紐の痕跡を残さなかった」

「ドクセンビーとオヘアの場合では、犯人はそれをさらに改良しました。ブラインドの紐は必要ないとわかったのです。太い麻紐を腕のまわりに何度か巻きつけるだけで、より太いロープを使ったとき同様、犠牲者の身体を吊しておけるんですよ」

「ドクセンビーの場合は何に縛りつけたんです？」

「ラジエーターですね」マクレーンが答える。「鉱山信託基金ビルで彼が完成させた方法では、足を下にして犠牲者を吊しましたが、今度は頭を下にして窓から吊したんです。反対側の建物に窓はなく、下の通路も暗いので、人が十一階から吊されていると気づかれる心配はない。ドクセンビーは意識を回復して足をばたつかせる。あとはご想像の通り。ローソン氏はそのときすでにここにいて、あなたがいままさに座っている椅子に腰を下ろしていたんですよ」

「ブレイクの小銭と万年筆はいったいどういう関係がありますの？」ジュリアが尋ねた。

「ローソンは最初に、頭を下にしてブレイクを吊そうとしたはずなんです」マクレーンが説明する。

「それから、足を下にしたほうがより簡単だと判断した。手すりの高さは三フィート八インチですから。まあ、ご自分で試してみればわたしの言いたいことはわかると思いますよ。わたしも昨夜、それがよくわかりました」

マクレーンはカクテルを飲み干し、グラスを差し出した。

「小銭は？」それに酒を注ぎながら、サイベラが訊く。

「万年筆と一緒にブレイクのベストのポケットから落ちて、ロビーの床に散乱したんですよ。ローソンはビルから出るときそれを回収するとともに、オヘアを避ける必要があった。それ以降は、より注意深くなりましたがね」

サイベラが続ける。「あのグラスをドクセンビーの部屋に残し、自分との約束が記されたカレンダーをそのままにした理由がまだわからないんだけど」

「自殺です」マクレーンは答えた。「彼はすべてを自殺に見せかけようとしたんですよ。ジェイムズ・スプレイグの殺害以来、それが彼の戦略だったんです。しかも、あなたを伴ってわたしのもとへ相談しに来ている。ブレイク・ハドフィールドが偶然転落したはずはないと言うことで、わたしが自殺説に傾くことを期待したんです。

そして、スプレイグは殺されたのだろうという考えが漏れ始めた。そこでローソンは、それをドクセンビーに押しつけようとした。スプレイグの指紋がついたグラスをドクセンビーが持っていたとなれば、彼もそこにいたはずだ、となりますからね。で、ドクセンビーこそが犯人であり、自殺したのだと。つまるところ、誰が彼を殺し得たでしょう？」

「でも、スプレイグの指紋があのグラスについていると気づいたのは、いったいどういうわけなんです？」レナが尋ねた。

マクレーンは笑みを浮かべて答えた。「彼はあの玄関ホールに立って、何が起きているかを注意深く見守り、耳を澄ませていた」

「見逃していることがありますよ」一瞬の間を置いたあと、コートニーが口を開いた。「ハドフィールドがスプレイグと会うことを、どうして知ったんです？　ハドフィールドとセスがダウンタウンに来ていることを、どうやって知ったのでしょう?」

「わたしもダン・オヘアにそれを訊こうとしましたが、ローソンに嗅ぎつけられました」マクレーンが答える。「ダンを殺したのはそのためなんです――答えられたらひとたまりもありませんからね。一昨日の夜、ダン・オヘアは自らを殺すことになる人物へ電話をかけ、わたしがそこに向かっているというアーチャー巡査部長の言葉を伝えた」

「つまり、夜にあのビルを訪れる人物がいれば、オヘアは必ずローソンに電話をかけることになっていたんですか?」

「ご明察、ミスター・コートニー。オヘアは州保険局からそう命じられていたんです。結果として犯人は一人しかおらず、それは保険局とつながりのある人物、犠牲者がビルを訪れるたびにそれを知っていた人物、警備員が巡回に出る時刻を知っていた人物、ベントレー氏が引き出しに麻紐をしまっていることを知っていた人物に違いないんです」

「でも、それはベントレーにも当てはまるでしょう」

「その通り」マクレーンはそう答えてため息をついた。「スプレイグが殺されたとき、そこで働いていなかったという一点を除けば、ですが。わたしはそれをオヘアに訊きたかったんですよ。誰に電話をかけていたのかと」

「そんな些細なことで人を殺すのね」ジュリアが独りごちた。

「オヘアの命か自分の命か」マクレーンが重々しい口調で続ける。「殺人とは紙の家を建てるようなもので、絶えず基礎を付け加えなければならない。そしてもう一つ、水晶玉の件があります。ダン・オヘアはなんらかの理由でシャフトの底に下りた。どういうわけかは知りませんが、靴の裏にオイルが付着していた。彼がシャフトの底で水晶玉を見つけたのを、ローソンは目撃したはずです。警官が日曜日までドアのそばに立っていたので、回収する機会がなかったんですよ」

そこで言葉を切って、ジュリアのほうへ顔を向ける。「ミセス・ハドフィールド。あなたはあのとき、ご主人がエレベータシャフトに落ちたという奇妙な幻想を抱きましたね？　その原因がこれなんです。あなたは、彼が転落すると同時に、そばのシャフトの底に何かがぶつかる音を聞いた。それこそが、水晶玉の文鎮だったんです」

「オヘアのタイムレコーダーは？」レナが尋ねる。

「ローソンが恐れていた通り、色々な出来事を結びつける働きをしました。転落する前の一時間以上にわたって、オヘアが仕事から離れていたという決定的な証拠になりますからね。それは殺害方法の強力な手掛かりを与えることになるため、非常に危険だった。だが結果的に、ローソンはスコッチの瓶や文鎮と同じくそれを用いている。水晶玉のように、エレベータシャフトの底でいつまでも発見されず、何も語らないと期待して」

コートニーは腕時計に目を落とした。「他にもまだまだありますよ、マクレーン大尉。保険局のオフィスでベントレーを襲ったのは誰です？　脅迫の件に彼はどう関わっていたんです？　この事件に終止符を打った、あなたの昨夜の計画はどういうものです？」

「答えのいくつかは推測にならざるを得ません。まだカール・ベントレーと話す機会がないので」マクレーンが説明する。「昨夜の時点では――」

「仕事も手につかない様子でしたよ」レナが笑みとともに口を挟んだ。「彼を救ったのはただ一つ、決して仕事を休まないことなんです。あの人は決して間違いというものを犯さないから、もう頭がおかしくなりそう」

「それは否定できないな」マクレーンが続ける。「人殺しなどもううんざりだし、その方法についても露ほども恐れてはいなかった。わたしの説が正しければ、その方法とは時間を遅らせるための罠を仕掛けることで、オヘアのタイムレコーダーからそれを確信した。そして、最高の方法は自ら試すこと。そうすればすべてが明らかになると確信したんです」

マクレーンは椅子に背をもたせた。「わたしは罠を仕掛けました。昨日の午後、サイベラの助けを借りてローソンに話したんです。スプレイグが逮捕されて保釈を待つあいだ、一つの文書を残したらしいという情報を与えたんですよ。つまり、スプレイグがハドフィールドに告げた内容の記された文書です。

わたしは、ベントレーこそ犯人だと思うと伝え、ハドフィールドとドクセンビー、そしてオヘアがどのように殺されたか以外は、ほぼすべてが明らかになったとほのめかしたんです。それから、犠牲者が鉱山信託基金ビルを訪れるたび、オヘアはベントレーに知らせていたはずだと指摘しました。そして昨夜、その文書を探すべくわたしが一人であのビルへ赴くと、サイベラ経由でローソンに教えたんです。

ローソンがスプレイグ・アンド・カンパニーを食い物にし、その責をスプレイグに負わせたという内容の偽文書は、レナにタイプしてもらいました。そして昨日の午後、わたしがハドフィールドの机にしまったんです。その文書を手に入れるため、ローソンはわたしを殺さざるを得ないでしょう。そこから先はみなさんご存知のはずです」

「ですが、何が起こると考えてたんです?」コートニーがさらに尋ねる。

「ローソンが机からわたしの銃を取り上げることはわかっていました」マクレーンは答えた。「そうなれば笛を吹いてドレイストを呼ぶつもりだったんです。しかしわたしは、ローソンを罠にはめたあと、彼にあの書類を読ませ、さらにドレイストをオフィスに閉じ込め、外でわたしに襲いかかる機会を与えることにしました。あの殺害方法がどのように働くのかわかりませんでしたので、それを突き止めようとしたんです。すべてはうまく行きました。救いの神、カール・ベントレーがオフィスへ立ち入るまではね。彼はローソンを追いながら、わたしを助けるつもりでいたんです」

「その計画がうまく行っていたら?」ジュリアが尋ねる。

「ローソンはわたしを吊し、ドレイストはわたしに命じられたまま、オフィスに残っていたでしょう。警察は、ローソンが帰宅した際に連絡を取り、わたしを探すためだと言って鍵を借りることになっていたんです。そして彼は、警察と一緒にビルを訪れ、わたしの転落を目撃するはずだった。わたしとともにオヘアの転落を目撃したのと同じくね」

マクレーンはカクテルをすすって続けた。「彼の方法がいかに巧みなものか、みなさんおわかりでしょう。もしすでに転落していれば、わたしの壊れた時計が、転落の際ローソンがそこにいなかったことを立証する。もし転落していなければ——まあ、建物は暗いですし、階段を登る途中でエレベータシャフトに手を伸ばし、端に銃が結びつけられた麻紐を引いて、遠くからわたしを転落させていたはずです」

コートニーは息を深く吸い、葉巻の端を嚙みちぎった。「まったく、恐ろしい可能性に賭けたものですね、マクレーン大尉。向こう見ずもいいところですよ」

「帽子には詰め物がしてありましてね、殴られたときの衝撃をいくらか緩和したんです——それに、警察の緊急班が六階からネットを張っていたんですよ。すべての照明が消えていた理由はそれなんです。わたしが死ぬなんて有り得なかった」と、ダンカン・マクレーンは言った。

4

レナがオフィスに顔を見せてお休みの挨拶を告げたとき、マクレーンは膝に点字本を置いて安楽椅子に深々と腰かけていた。レナは盛り上がった点を駆け巡る彼の指を見つめてから、うっとりとした表情を浮かべる顔に目を移し、自分の世界に没頭しているのだと判断して静かにオフィスをあとにした。

いつもの通り、彼女は正しかった。マクレーンは文章に注意を払うことなく、機械的に点字を読み取っているだけだった。一週間にわたる騒動が幕を下ろし、一つの考えが頭の中に残っていた。それはスパッドの言葉である。「人は頭脳で生きているが、恋に落ちた人間の頭脳が澄んでいるとは言えない」

その頭脳とは誰のものか？　デイヴィスとアーチャーのものか、スパッドやレナのものか、次々と起こる混乱に気をとられる愚かな大衆のものか、あるいはダンカン・マクレーンのものなのか？

自分の頭脳がそれほど澄んでいないとしたら？　むろん自分にだって、たまには異質な出来事に精神を曇らせる権利はあるだろう。

膝の点字本を閉じて唇を引き締め、スパッドの気遣いを心の中で罵りながら、同時に理不尽でいることの喜びにふけっていると気づいて、突然笑みを浮かべた。

二十五年近くのあいだ、マクレーンは自ら築いた砦の中に住んでいた。慎重なる巧妙さをもって造られたそれが、自分のまわりを取り囲んでいる。さらに、秘密の塔や地下牢が壁という壁に建てられていて、よそ者を決して中に入れないという決意によって固められていた。

マクレーンはそれを気に入っていた。同居人は一組の夫妻と二匹の犬だけであり、自分の邪魔をしたり、気を逸らしたりすることは決してない。広大な部屋にときおり冷たい風が吹き、砲塔を備えた壁のそこかしこで孤独の苔が生長したとしても、それがどうだというのか？

砦は戦うために築かれたものである。とは言うものの、出口を一つも作らず侵略者を追い払っても、緑に包まれた村で女性を腕に抱き、勝利のダンスを踊れないことに気づいて、なんとも皮肉な思いがした。

そしていま、これまで人生と戦ってきたダンカン・マクレーン大尉は、決意を込めて自らリベットを打った硬い鎧に身を包みながらも、ダンスを踊ろうとしている。

ペントハウスのどこかで電話が鳴った。

レナが入ってきて「カール・ベントレーが下で待ってます」と告げた。

点字時計に手を触れる。「もう十時半だぞ」

「あなたと話したいことがある、って言っているんですよ。これから街を離れるそうで」

「上がるように言ってくれ」マクレーンは本を棚に戻し、机に戻って腰を下ろした。

カール・ベントレーが躊躇いながらドアの内側で立ち止まった。

「鉱山信託基金を辞めると聞きましたよ」マクレーンが口を開く。「どうぞお座りなさい。別の仕事を見つけたんですか？」

「弾薬工場の監査役です」ベントレーは椅子に座り、机の端に眼鏡を置いた。

「それはいい」

「謝罪したかったんですよ。街を離れる前に」

「ミスター・ベントレー、何か過ちがあれば、それはわたしのせいです」

「わたしは首を突っ込んで、あなたの犬を撃たせてしまった。わたしを守ろうとしたドレイストに向けて、ローソンは仕切りの上から引金をひいたんです」

「ドレイストは大丈夫ですよ。ローソンは死にましたがね」と、マクレーンは言った。「ドレイストのように勇敢な戦士を殺すのは難しいんです。脚二本に銃弾を受けましたが、獣医は完治するだろうと言っていますよ。それに、前にも一度撃たれたことがありますから」

「わたしがなぜああいう行動をとったのか、あなたに説明すべきだと思ったんです」カール・ベントレーは躊躇いがちに言った。

「どうぞお話しください」

「それほど長くはかかりません。前にも一度警察に話しましたから。わたしと鉱山信託基金との深い結びつきのせいで、ジェイムズ・スプレイグ・アンド・カンパニーの件に直接ではないですが関わりになったことはあなたもご存知でしょう。それが今度は、ローソン氏を疑う原因になったのです。彼が経理兼会計士としてそこで勤務していたとき、スプレイグの会社を食い物にしていたことを、わたしは立証しようとしたのです」

「もっと早くに言ってくだされば、ずいぶん役に立ったでしょうに」

「証拠がなかったんですよ。それが得られたのは土曜日の午後、州保険局の書類庫で、押収されたスプレイグの小切手からわたしの探していたものを見つけたときです」

「と言うと?」

「わたしは一人の女性と知り合う必要があったんです」ベントレーは眼鏡をかけ直した。「まったく趣味に合わないことですが、難しくはありませんでした。彼女は――なんというか――しばらくのあいだローソンと付き合っていました。たぶん彼の指金でしょうが、彼女はわたしに無理強いするようになったんです」そこで神経質そうに甲高い笑い声を上げる。「つまり言いたいのは、なんらかの情報をわたしから引き出そうと、懸命だったということです。

あなたも興味を抱かれると思いますが、ソフィー・マンソン――以前の名前は違うと思います――は以前にT・アレン・ドクセンビーの下で働いていたんですよ」そう言って額を拭った。「ドクセンビーの言葉にも従って、ミス・マンソンは、その、わたしに迫ってきたんですよ」

「両腕で押さえつけられたようですね」マクレーンが笑みとともに言った。

「いや、正確にはそんなものじゃないんです。実を言うと、この女性はわたしに多くの有益な情報を教えてくれましてね。一時的にパートナーを組んで、ローソンに迫ったわけです――この素敵な女性が渡してくれた情報をもとに、ささやかな脅迫を行なったんですよ。

すべては何年も前、ローソンがジェイムズ・スプレイグから二十五万ドルを横領したことに始まります。スプレイグ・アンド・カンパニーが破産したとき、ローソンは不安になって弁護士に相談しました」

「まだよくわかりませんね」と、マクレーンが呟く「続けてください。ローソンはT・アレン・ドクセンビーに相談したんですね」

「ドクセンビーはスプレイグに責任を押しつけるよう提案し、ローソンはまんまとそれに成功した。わたしはそう信じています。だがドクセンビーは、誰に対しても正義を貫くことはなかった。あなたを救い出せると言ってスプレイグに近づいたが、その方法は言わなかった。スプレイグは友人のブレイク・ハドフィールドと約束をとりつけ、あの夜鉱山信託基金ビルでドクセンビーと会うことになった。そしてドクセンビーは、ローソンによるスプレイグの殺害と、ハドフィールドへの銃撃を目にすることになったのです」

「なんとも慈悲深いことですな」マクレーンが言った。「そのとき以来、ローソンはあの悪党の言うがままになってしまった！　ドクセンビーを窓から突き落としたとき、彼はこの街からシラミを一匹退治したことになりますね」

「ええ」ベントレーは頷いた。「率直に言えば、ローソンはわたしに対しても同じ計画を温めていたのではないかと不安だったんですよ。あの天真爛漫なソフィーと会話を交わしていることを知ればね。先週の土曜日の午後、わたしが動転していたのはそのためなんです」

「そのときなにがあったんですか？」

「わたしは昼食をとったあと、ローソンは帰宅しただろうと考えて保険局のオフィスへ行きました。彼も途中までですが、ソフィーとわたしと一緒に昼食をとりましたからね。わたしは机の上で一枚の紙を見つけました。彼の文字の完璧な見本です。文字だけじゃなくて数字まで記されていたんですよ。わたしは会計だけでなく、手書き文字についても詳しいんです。アルバート・オスボーンやハンス・シュナイッケルトやロカールの研究をしていましてね」

「たまにはわたしの研究もしてもらいたいものですね」

「それは難問ですよ、大尉」ベントレーは真面目な口調で返した。「ローソンの文字を、ジェイムズ・スプレイグの署名がなされた小切手や様々な書類と比べているうちに、小切手を落としてしまったんです。それを拾うために書類庫の扉を動かさねばならなかったんですが、そのとき別の誰かがオフィスにいる物音を聞いたんです。その直後、ローソンの大声が聞こえました」

カール・ベントレーは眼鏡を外して眉を拭った。「わたしはご覧の通りの小柄な男ですし、ハロルド・ローソンとオフィスにいるのは嫌でした。なので眼鏡を落として駆けだしたんですが、そのとき立ち止まって、自分の額を重たい印章で殴ることにしたんです」

「なぜです?」

「他の誰か、おそらくは警官がわたしのあとを追っている、あるいは注意を向けているとローソンが考えてくれれば、これほど好都合なことはないと思ったからです。特に、わたしが彼を恐れているとか、彼を調べているとかは知られたくありませんでしたからね。ローソンは暴力的な人間なんですよ」

マクレーンは右手を差し出した。「勇敢な人間と握手を交わしたい、ミスター・ベントレー。昨夜ローソンのあとをつけてあのビルへ行ったというのは、彼の所業を知っていたとすれば、実に勇敢な行為です」

カール・ベントレーはその手を握り、かすかに狼狽しながら机のそばに立った。「わたしがあなたの計画に割り込んでだめにしてしまったのは、すべてわたしのせいじゃないんですよ。サヴェージ少佐は旅立つ前、あなたの安全をわたしの手に委ねたのです。つまりはわたし次第だというわけで、彼はわたしに――」

「スパッド・サヴェージがあなたになんと言ったのか、わたしはこれっぽっちも知りたいとは思いません」と、マクレーンは言った。「すでに聞いていますからね。いったい、あなたは鉱山信託基金でどんな立場にいたんですか?」

「いや」ベントレーはあいまいに口を開いた。「過去数年間、ハドフィールド氏やその同僚が述べた供述の中に、いくつか疑問がありましてね。それを調べていたんです」

「どんな供述です?」

「この戦争に勝つには大金が必要になるでしょう」その声はいかにも悲しげだった。「それを集めるのはわれわれの部局のメンバー、そしてわたしにかかっているんです」

「そうだったのですか!」マクレーンは囁くような声を上げた。「あなたは〝T〟なんですね」

ベントレーは眼鏡を拭いた。「わたしの仕事に対して、以前は〝Tマン〟という単語が使われていたと聞いたことがあります。わたしとしては、FBI所得課税部の課税捜査官と呼ばれたほうがいいですがね」

「あなたがご自分をなんと呼んでも、わたしにとっては素晴らしい方ですよ」

マクレーンが静かに腰かけると、カール・ベントレーはドアから出ていった。が、一、二秒して戻ってきた。

「眼鏡はここですよ」と、マクレーンが告げる。

「おめでとうと申し上げるのを忘れてましたよ、大尉。コートニー氏とハドフィールド夫人が今年中にも結婚すると聞きましたが、あなたもそれをお考えなんですってね」

「どこでそんな情報を手に入れるのか、まったく不思議ですよ」

オフィスのドアが静かに閉まり、マクレーンは蓄音機に手を伸ばした。しばらくのあいだマイクを手にしていたが、やがてボタンを押して途切れ途切れに口述を始めた。そしてレコードが終わりに近づいたところで蓄音機に移し、針を落とした。

自分の声が静かなオフィスに響き渡る。

途中まで聞いたところでレコードを蓄音機から取り上げ、机の端に叩きつけた。

「いままでの人生で、不安を感じたことなどないじゃないか」と、怒ったように呟く。「一から人生をやり直すつもりはない。他にどうしようもないなら、はったりをかます――ローソンに対してしたように――目の見えない人間のはったりだ。どんな女も、わたしを怯えさせることなんてできない！」

マクレーンは電話に手を伸ばし、ダイヤルを回して机に肘を置いた。両手は震えているものの、声ははっきりしていた。

「サイベラ？」

「ええ、ダンカン」

「ちょっと考え事をしていてね。どうだろう、わたしと結婚してくれないか？」

訳者あとがき

本書はベイナード・ケンドリック著 Blind Man's Bluff の全訳である。ケンドリックは一八九四年にフィラデルフィアで生まれ、第一次世界大戦ではカナダ陸軍に志願してイギリス、フランス、サロニカで勤務した。戦時中、同郷の若者が戦闘で負傷し、視力を奪われてしまう。ケンドリックは見舞いに行ったその病院で、目の見える人間以上に観察力が優れた盲目のイギリス兵と出会った。この兵士は目の見える人間が気づかない様々なことに気づくという才能をケンドリックに見せ、後に本作の主人公ダンカン・マクレーンを生み出す際にヒントを与えたとされている。戦後はニューヨークで働きつつ創作活動を行なっていたが、一九三一年より筆一本で生計を立て始める。そして生まれたのが〈ダンカン・マクレーン〉シリーズで、一九三七年に発表された "The Last Express" が第一作となった。その後一九六一年発表の "Frankincense and Murder" まで長編十二作と、いくつかの中編が執筆されている。また "The Last Express" は同じタイトルで刊行の翌年に映画化された。

本作の主人公ダンカン・マクレーンは情報将校として第一次世界大戦に従軍したものの、負傷して視力を失ってしまう。そして後の人生を私立探偵として過ごすことになるのだが、その方法はあくまで理詰めなものであり、特殊な勘に頼るといったことはない。その上、目が見えないハンデを感じさせないほど行動的であり、ときに周囲の人間を驚かせる。その描写には無理がなく、目の見えない人たちから好評を博したのもうなずけよう。

一九四三年に刊行された本作は戦時中のニューヨークが舞台となっている。経営破綻した信託基金の元経営者が、かつてのオフィスで謎の転落死を遂げる。現場のビルにいたのは息子セスと元妻ジュリア、そして警備員だけ。しかしジュリアと警備員は離れた場所におり、息子のセスに容疑がかかる。そして発生する第二、第三の転落死……これらは自殺なのか、あるいは巧妙な殺人なのか？　ダンカン・マクレーンがこの謎に挑む。

本書の魅力はやはり、マクレーンに関する巧みな描写ということになるだろうか。マクレーンは決して安楽椅子探偵ではなく、行動する探偵である。目が見えないというハンデを抱えながら、数字と角度で周囲の世界を捉え、盲導犬シュナックの助けを借りつつその中を動き、そしてもう一匹の仲間ドレイストとともに事件を解決に導く。この点が本シリーズに独自の魅力を与えているのは間違いないだろう。

前述の通り、本作の刊行は一九四三年である。昭和でいえば十八年となるこの年は太平洋戦争のただ中にあり、訳者は当時の日本におけるミステリ事情について決して詳しくはないが、戦時下で探偵小説の出版は抑圧され、ほぼ壊滅状態にあったことは容易に理解できる。そのような時代、アメリカではこうしたミステリが生み出され、かつ装幀も戦前戦後と比べてなんの遜色もないことからも、やはり非我の国力の差を痛感せずにはいられない。

残念ながら、ダンカン・マクレーン・シリーズの邦訳は本書がようやく二作目（一九五六年に

“Out of Control”が『指はよくみる』の邦題でハヤカワポケットミステリとして刊行されている）であり、今後さらなる邦訳が待たれるところである。

以下にダンカン・マクレーン・シリーズの長編作品を示す。

The Last Express（一九三七）
The Whistling Hangman（三七）
The Odor of Violets（四一）
Blindman's Bluff（四三）
Death's Knell（四五）
Out of Control（四五）
You Die Today（五二）
Blind Allies（五四）
Reservations for Death（五七）
Clear and Present Danger（五八）
The Aluminum Turtle（六〇）
Frankincense and Murder（六一）

二〇一五年二月　訳者記す

〔訳者〕
熊木信太郎（くまき・しんたろう）
北海道大学経済学部卒業。都市銀行、出版社勤務を経て、現在は翻訳者。出版業にも従事している。

暗闇《くらやみ》の鬼《おに》ごっこ
——論創海外ミステリ 143

2015年3月25日 初版第1刷印刷
2015年3月30日 初版第1刷発行

著 者 ベイナード・ケンドリック
訳 者 熊木信太郎
装 画 佐久間真人
装 丁 宗利淳一
発行所 論 創 社
〒101-0051 東京都千代田区神田神保町2-23 北井ビル
電話 03-3264-5254 振替口座 00160-1-155266

印刷・製本 中央精版印刷
組版 フレックスアート

ISBN978-4-8460-1419-3